壮族经典民间文化丛书

FWEN MBAUQ SAU BOUXCUENGH

壮族经典情歌

（壮汉双语）

Raeuz–Hak

Lwgnding Bouxraeuz Saw

刘敬柳　著

Gvangjsih Gohyoz Gisuz Cuzbanjse

广西科学技术出版社

图书在版编目（CIP）数据

壮族经典情歌：壮汉双语 / 刘敬柳著 . —南宁：广西科
学技术出版社，2019.12
（壮族经典民间文化丛书）
ISBN 978-7-5551-1257-0

Ⅰ.①壮… Ⅱ.①刘… Ⅲ.①壮族—情歌（文学）—
作品集—中国—壮、汉 Ⅳ.① I277.291.8

中国版本图书馆 CIP 数据核字（2019）第 253849 号

ZHUANGZU JINGDIAN QINGGE

壮族经典情歌

刘敬柳 著

责任编辑：赖铭洪 何 芯　　　　　助理编辑：罗 风
责任校对：夏晓雯　　　　　　　　　装帧设计：梁 良
责任印制：韦文印　　　　　　　　　壮文审读：黄利莉

出 版 人：卢培钊　　　　　　　　出版发行：广西科学技术出版社
社　　址：广西南宁市东葛路 66 号　　邮政编码：530023
网　　址：http://www.gxkjs.com　　　编 辑 部：0771-5864716

经　　销：全国各地新华书店
印　　刷：广西民族印刷包装集团有限公司
地　　址：南宁市高新区高新三路 1 号　　邮政编码：530007

开　　本：787mm×1092mm　1/16
字　　数：130 千字　　　　　　　　印　　张：10.75
版　　次：2019 年 12 月第 1 版　　　印　　次：2019 年 12 月第 1 次印刷
书　　号：ISBN 978-7-5551-1257-0
定　　价：88.00 元

自
序

　　全息音乐魔幻剧《遇见刘三姐》的总导演黎易鑫先生曾对笔者说过："我们是幸运的，因为我们既有机会，又有觉悟，所以我们比很多人都要幸运。在人生奋斗的路上，觉悟和机会二者缺一不可。"

　　笔者对黎先生的这番话记忆犹新、感慨良多，因为笔者自发地学习壮族语言文化，在记忆中已经有 23 个年头了，接触、整理和尝试创新壮族民谣也已经超过 10 年，所以笔者可以自豪地说自己是有觉悟的。同时，在这 20 多年的学习历程中，又得到了诸多师长和友人的鞭策及帮助，尤其是这几年得到了广西科学技术出版社等出版机构的垂青，多次进行有成效的合作，使得笔者能够节约非常多的开支，专心地进行田野采风和调查，整理和分析了许多第一手材料，因此笔者可以欣慰地说自己是有机会的。正因为有了自己的觉悟和与广西科学技术出版社合作的机会，笔者才进行了将近两年的田野采风工作，幸运地获得了许多宝贵的资料和知识。

　　情歌，作为歌谣文化中最具有生命力、最受人喜爱、千百年来经久不衰的重要组成部分，它蕴含的歌谣文学、语言艺术、礼仪礼俗、历史文化、现实写照和音乐本体等方面的知识是极其丰富的，因此对壮族的母语情歌进行整理、研究、分析、展示和保护具有重大的现实意义。我们可以通过整理好的情歌窥探壮族历史和壮族人民当下的生活状态、情感态度和民族心理，同时也能为音乐创作者们提供参考的材料，改编和创作出更多的脍炙人口、符合年轻一代审美需求的壮语音乐作品，这既能丰富整个社会的文化生活，又能很切实地为壮语的传承注入新的活力和动力。

笔者 2017 年就开始了陆陆续续的田野调查工作，2018 年开始进行连续性的调查工作。在这两年艰辛又愉快的田野采风中，笔者在国内共走访了广西南宁、武鸣、柳州、百色、那坡、德保、靖西、隆林、凌云、田林、田阳、平果、崇左、大新、凭祥和龙州，云南富宁、丘北、文山、广南、西畴、麻栗坡、马关和河口，贵州，以及国外越南北部的高平、谅山、太原和河江等地，期间发过烧、丢过钱包，甚至差点滑落山谷……但更多的是感动过、温暖过、努力过并收获了满满的爱和知识。

对于本书的文稿整理，笔者要处理非常多的诸如方言、历史、地理、文学及音乐本体等方面的复杂问题，十分消耗精力，但是也因此打开了更宽阔的眼界。因为语言的复杂性，所以笔者一直强调，做民族音乐田野调查工作一定要调查现场或在当地解决歌词的部分内容，包括歌词记音、歌词字译、歌词大意或句译、衬词格律、文学背景及历史背景等问题，绝不可以带着录好的音频、视频材料回家解决，否则几乎没有办法处理得了歌唱资料中的语言问题，它实在是太重要又太复杂了。

　　本书内容包含了国际音标、壮语歌词、汉语字译、衬词位置、汉语句译、单词解析、文化解析和谱例几个部分，还提供了部分歌曲的试唱音频。这样做的目的是为了让本书更具适读性，能尽可能地服务到不同的读者，既能为学者和有关机构做研究、保护和教学工作服务，又能作为一般读物和音乐教程为普通读者服务。本书最重要的特点就是分析和总结了歌词结构中的衬词位置，以及对具有实际意义的衬词、衬句进行了解释，这是被很多同类著作所忽视的事情，其实若是不掌握歌词中衬词的位置，一般的听众和学习者是很难听懂民歌的，更别说学会演唱和创作了。另外，笔者还对每一首歌做了文化解析，这些解析很多都是通过笔者亲身的田野调查，查阅大量的中外文献资料，以及在语言学的基础和背景下展开的，其中有很多的知识点都具有极大的可开拓性。

　　希望本书的出版能为大家了解和学习壮族母语情歌提供一定的资料，希望它能像一个簸箕，把壮族母语情歌文化的种子撒在大家心田，被大家共同呵护和守望，在未来的日子里长出丰硕的果实！

　　是为序。不足之处，敬请方家和读者不吝赐教。

刘敬柳

目 录

1. MIJ HAWJ CAZ LAWZ NGVAIH
别让花枯萎

传唱：黄汉花／女，云南广南人，自称"布侬（boux yaej［pu⁴ʔjai⁴］）"

记译：刘敬柳

记谱：南宁的天

流传地区：云南省文山壮族苗族自治州（以下简称"云南文山"）富宁、广南等县

采集时间：2018 年 6 月 8 日

采集地点：云南广南

❖ 双语歌词及音标

ma¹ (rə⁰)	çam⁶ (a⁰)	ma¹ (rə⁰ lo⁰ a⁰)	pi⁴	ɣau² (a⁰ no⁰)
ma (rɯ)	caemh (a)	ma (rɯ lo a)	beix	raeuz (a no)
来（嘞）	都（啊）	来（嘞咯啊）	兄	咱（啊喏）

ma¹ (rə⁰)	çam⁶ (a⁰)	ʔdam¹	ma¹	ʔdi⁴ (lo⁰ a⁰ pi⁴ ɣau² a⁰ no⁰)
ma (rɯ)	caemh (a)	ndaem	ma	ndeij (lo a beix raeuz a no)
来（嘞）	都（啊）	种	来	和（咯啊兄咱啊喏）

θi⁵ (ja⁰)	ɣau²	çam⁶ (a⁰)	ʔdam¹ (ma⁰)	wa¹ (lo⁰ a⁰ pi⁴ ja⁰ no⁰)
seiq (ya)	raeuz	caemh (a)	ndaem (ma)	va (lo a beix ya no)
世（呀）	咱	都（啊）	种（嘛）	花（咯啊兄呀喏）

mi⁶ (ja⁰)	haɯ³	ça²	laɯ² (a⁰)	ŋwa:i⁶ (le⁰ a⁰ pi⁴ ja⁰ no⁰)
mij (ya)	hawj	caz	lawz (a)	ngvaih (le a beix ya no)
不（呀）	给	丛	哪（啊）	斜（咧啊兄啊喏）

ça² (a⁰)	laɯ²	ŋwa:i⁶ (a⁰)	ta:u⁵ (a⁰)	ʔjo¹ (lo⁰ a⁰ pi⁴ ja⁰ no⁰)
caz (a)	lawz	ngvaih (a)	dauq (a)	yo (lo a beix ya no)
丛（啊）	哪	斜（啊）	倒（啊）	扶（咯啊兄呀喏）

ko¹ (a⁰)　　laɯ²　　ɣo¹ (a⁰)　　　ɣam⁴ (ma⁰)　　　　ɣɯːt⁸ (rə⁰ a⁰ pi⁴ ɣau² a⁰ no⁰)
go (a)　　　lawz　　ro (a)　　　　raemx (ma)　　　　rwed (rw a beix raeuz no)
棵（啊）　　哪　　　干（啊）　　　水（嘛）　　　　浇（嘞啊兄咱喏）

ɣɯːt⁸ (ta⁰)　　ko¹　　peu² (a⁰)　　θoŋ¹ (ŋa⁰)　　　peu² (ka⁰ pi⁴ ɣau² a⁰ no⁰)
rwed (da)　　　go　　biuz (a)　　　song (nga)　　　biuz (ga beix raeuz a no)
浇（哒）　　　棵　　瓢（啊）　　两（啊）　　　瓢 （嘎兄咱啊喏）

haɯ³ (a⁰)　　ti⁶　　ʔdeu¹ (a⁰)　　tuŋ⁴ (a⁰)　　　lum³ (me⁰ ka⁰ pi⁴ ja⁴ no⁰)
hawj (a)　　　deih　ndeu (a)　　　dungx (a)　　　lumj (me ga beix ya no)
给（啊）　　　地　　一（啊）　　　相（啊）　　　像（咩嘎兄呀喏）

ɕon² (na⁰)　　ni⁴　　θaːt⁸ (ta⁰)　　leu⁴ (a⁰)　　　θaːt⁸ (lo⁰ a⁰ pi⁴ ja⁴ no⁰)
coenz (na)　　neix　sat (da)　　　liux (a)　　　sat (lo a beix ya no)
句（啊）　　　这　　完（啊）　　　完（啊）　　　完（咯啊兄呀喏）

ɕon² (na⁰)　　ni⁴　　θaːt⁸ (ta⁰)　　leu⁴ (a⁰)　　　pjaːi¹ (lo⁰ a⁰ pi⁴ ɣau² a⁰ no⁰)
coenz (na)　　neix　sat (da)　　　liux (a)　　　byai (lo a beix raeuz a no)
句（啊）　　　这　　完（啊）　　　完（啊）　　　完（咯啊兄咱呀喏）

ɕon² (na⁰)　　mi⁶　　kwaːi¹ (ja⁰)　　pi⁴ (ja⁰)　　θaːt⁸　　θaːt⁸ (ta⁰)　　tau³ (lo⁰ no⁰)
coenz (na)　　mij　　gvai (ya)　　　beix (ya)　　sat　　　sat (da)　　　daeuj (lo no)
句（啊）　　　不　　乖（呀）　　　兄（呀）　　完　　　完（啊）　　来（咯喏）

3

❖ 衬词位置

XOXOXOXXO

XOXOXXXO

XOXXOXOXO

XOXXXOXO

XOXXOXOXO

XOXXOXOXO

XOXXOXOXO

XOXXOXOXO

XOXXOXOXO

XOXXOXOXO

XOXXOXOXXOXO

❖ 汉语句译

来吧一起来吧我的情郎

我们俩我和你

我俩一起种花

两个情人栽花

哪棵歪斜了就扶它起来

哪棵蔫儿了就给它浇水

给它浇上一两瓢水

让它和从前一样精神

我唱到这里就结束了

我唱到这里就完结了

唱得不好请情郎来接上

❖ 词语解析

ndeij〔ʔdi⁴〕:〈连词〉跟,和,与;〈动词〉在于。

seiq〔θi⁵〕:〈名词〉人世,人生,一辈子。

ngvaih〔ŋwaːi⁶〕:〈动词〉倾斜,西斜,打瞌睡。

yo〔ʔjo¹〕:〈动词〉扶,举。

ro〔ɣo¹〕:〈形容词〉干枯,枯萎。

biuz〔peu²〕:〈名词〉瓢。

deih ndeu〔ti⁶ ʔdeu¹〕:〈名词〉一样,原样,老样子。

dungx〔tuŋ⁴〕:〈副词〉相互,互相。

dungx lumj〔tuŋ⁴ lum³〕:〈动词〉相像,相似。

sat〔θaːt⁸〕:〈动词〉结束,完结,完成。

◆ 文化解析

该民歌为五言多句式，也就是说每一句的字数是固定的，为5个字，但是句数可以视具体的情况而定，不管句数多少，都要押脚腰韵，这是壮族民歌，甚至整个侗台语民歌的显著特征之一。

该民歌曲调使用的是郎恒调。郎恒是一个地名，位于云南文山富宁县西南部，壮语叫作"rangz haemz〔ɣaːŋ² ham²〕"，"rangz"意思是"笋"，"haemz"意思是"苦"，合起来就是"苦笋"的意思。这里的壮族民歌曲调优美动听，不仅在当地流传，还流传到周边各地。

该民歌是一首情歌，所要表达的情感细腻生动，主要是歌者在诉说衷肠，希望和爱人彼此珍惜感情，如果双方的情感遇到了一些波折或阻碍的话，也希望能够共同克服这些苦难。歌中"ndaem va（种花）"的寓意是"恋爱"，这是壮族民歌最常用的比喻，除此之外，还有"baek va（插花）""baek ndok（插花）""ndaem ndok（种花）"等表达，这里的"baek（插）"其实也是"种"的意思。无论是"哪棵歪斜了就扶它起来"，还是"哪棵蔫ㄦ了就给它浇水"都是表达爱情需要彼此的关心、呵护和扶持，纵使会碰到困难和磕绊，但只要双方相互理解和共同努力，总会甜蜜依旧、幸福如初。

"hawj deih ndeu dungx lumj"这句歌词，笔者在做调查的时候发现还可以唱成"deih ndeu lumj yiengh gaeuq"，依旧押脚腰韵，这说明歌词大体的框架是一致的，但是某些情况下也会有一定的变化，毕竟民歌过去最大的传承特点就是口传心授，个别情况下因人而异也就不足为奇了。

最后三句歌词，即"coenz neix sat liux sat""coenz neix sat liux byai""coenz mij gvai beix sat sat daeuj"是歌者表示自己歌唱完毕

的习惯用语，其表达了歌者的谦虚及对对歌伙伴的邀请，若对歌活动中每当结束一段歌唱却不使用这几句习惯用语的话，歌者会被认为没有礼貌。因为该民歌的歌者是女性，所以歌词和衬词里使用的是"beix（兄）"这个尊称男性歌手的词汇，若是歌者换成男性，"beix（兄）"就应改为尊称女性的"nangz（娘子）"或昵称女性的"nuengx（妹）"。

　　该民歌是笔者在云南广南县非物质文化遗产文化中心黄汉花大姐家中采集到的。黄大姐是当地的"非遗"传承人，为人十分热情善良，但是只有喝了她家的米酒，她才会把歌唱给笔者听，这就是壮族人民的质朴和淳厚所在，笔者就是午饭时在黄大姐家中喝了一碗米酒，才收集到了这些动听的民歌曲调。这次在广南采风，全仰仗当地壮族著名艺术工作者陆庭文先生和当地壮文专家王丛运先生的热情帮助才得以顺利展开，没有他们的帮助，笔者是不可能有所收获的。

MIJ HAWJ CAZ LAWZ NGVAIH

别让花枯萎

采集地：云南广南
演唱者：黄汉花
采录、译词：刘敬柳
记谱：南宁的天
制谱：谦谦音乐

♩ = 40

ma	(rw)	caemh	(a)	ma		(rw	lo	a)	beix	raeuz	(a	no)
ma	(rw)	caemh	(a)	ndaem	ma	ndeij	(lo	a)	beix	raeuz	(a	no)
seiq	(ya)	raeuz	caemh	(a)	ndaem	(ma)	va	(lo	a	beix	ya	no)
mij	(ya)	hawj	caz	lawz	(a)	ngvaih	(le	a	beix	ya	no)
caz	(a)	lawz	ngvaih	(a)	dauq	(a)	yo	(lo	a	beix	ya	no)
go	(a)	lawz	ro	(a)	raemx	(ma)	rwed	(rw	a	beix	raeuz	no)
rwed	(da)	go	biuz	(a)	song	(nga)	biuz	(ga	beix	raeuz	a	no)
hawj	(a)	deih	ndeu	(a)	dungx	(a)	lumj	(me	ga	beix	ya	no)
coenz	(na)	neix	sat	(da)	liux	(a)	sat	(lo	a	beix	ya	no)
coenz	(na)	neix	sat	(da)	liux	(a)	byai	(lo	a	beix	raeuz	a	no)
coenz	(na)	mij	gvai	(ya)	beix	(ya)	sat	sat	(da)	daeuj	(lo	no)

7

2. MBIN HANGQ MBIN BOUQ
飞到街上去

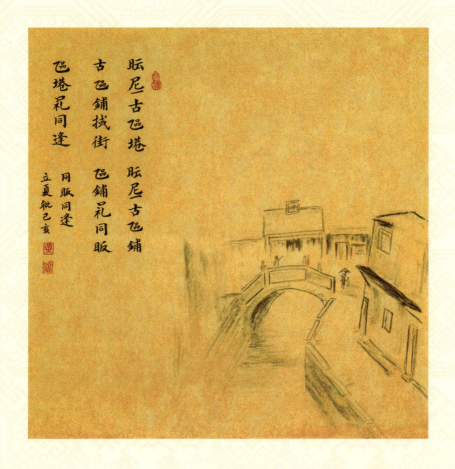

传唱：陆爱莲 / 女，云南文山广南人，自称"布侬（boux noengz
［phu⁴nɔŋ²］）"

记译：刘敬柳

记谱：岳子威

流传地区：云南广南

采集时间：2018 年 6 月 8 日

采集地点：云南广南

❖ 双语歌词及音标

(ju⁴	a⁰	fa⁴	ti⁰	la:n⁶	ni⁰)
(youx	a	fax	di	lanh	ni)
（友		天		独身）	

hɔn² (ni⁰)		nai⁶	ku⁴ (ti⁰)	ben¹	ha:ŋ⁵
ngoenz (ni)		neix	gou (di)	mbin	hangq
日子		这	我	飞	街

hɔn²	nai⁶ (ti⁰)	lau² (a⁰)		ben¹ (na⁰)		phu⁵ (a⁰)
ngoenz	neix (di)	raeuz (a)		mbin (na)		bouq (a)
日子	这	咱		飞		铺

ku⁴ (ti⁰)	ben¹ (ni⁰)	phu⁵	hɔk⁷	ka:i¹ (də⁰ no⁰ a⁰)
gou (di)	mbin (ni)	bouq	hok	gai (ndw no a)
我	飞	铺	做	街

ben¹ (ni⁰)	phu⁵	dai³	tuŋ² (i⁰)	pɔm² (mi⁰ də⁰ no⁰ a⁰)
mbin (ni)	bouq	ndaej	doengz (i)	bomz (mi ndw no a)
飞	铺	得	相	聚

ben¹ ha:ŋ⁵ dai³ (ja⁰) tuŋ² (ŋa⁰) phuŋ⁵ (ŋa⁰)
mbin hangq ndaej (ya) doengz (nga) bungq (nga)
飞 街 得 相 逢

ku⁴ (ti⁰) tʂa:m¹ ba:u⁵ ka⁰ (wen⁶) kam² (mi⁰)
gou (di) cam mbauq ga (venh) gaemz (mi)
我 问 男 如此 句

lau² (ku⁴) tʂa:m¹ maɯ² (ti⁰) ka⁰ (wen⁶) tɛu⁶ (waʔ⁰)
raeuz cam mwngz (di) ga (venh) diuh (va)
我 问 你 如此 调

ba:u⁵ tʂaɯ⁶ phu³ i⁴ laɯ² (di⁰)
mbauq cawh boux ix lawz (ndi)
男 是 个 处 哪

maɯ² tʂaɯ⁶ kun² (na⁰) i⁴ (ja⁰) laɯ² (a⁰)
mwngz cawh vunz (na) ix (ya) lawz (a)
你 是 人 处 哪

phu³ ti⁶ lau² ben¹ ha:ŋ⁵ (ben¹ hə¹ no⁰ a⁰)
boux deih lawz mbin hangq (mbin hw no a)
个 处 哪 飞 街

kun² (na⁰)　　i⁴ (ti⁰)　laɯ² (a⁰)　　ben¹ (na⁰)　　phu⁵ (ə⁰)

vunz (na)　　ix (di)　lawz (a)　　mbin (na)　　bouq (w)

人　　　　　处　　哪　　　飞　　　　铺

noi⁰ (nɔk⁸)　　tʂau¹　la² (ti⁰) tɕai¹ (ja⁰)　　tau⁶ (a⁰)

roeg　　　　raeu　laz (di) gaeq (ya)　　daeuh (a)

鸟　　　　　斑鸠　或　鸡　　　　蓝

mak⁸　xau³　la²　pi⁶　la:ŋ²

mak　haeuj　laz　bing　langz

果　草果　或　槟　榔

la:ŋ²　da:i¹　la² (a⁰) mi³ (ja⁰)　　da:i¹

langz　ndwi　laz (a) mij (ya)　　ndwi

郎　空　或　不　　空

mi³　da:i¹　ku⁴ (ti⁰)　bo⁵　　ɕa³ (ju⁴ a⁰ ho⁰ ja⁰)

mij　ndwi　gou (di)　mbouj　saj (youx a ho ya)

不　空　我　　不　　耍

mi² (ja⁰)　po² (pa²) (ti⁰)　lau² (ku⁴) (ti⁰)　bo⁵　　tha:n⁶ (ja⁰ do⁰ a⁰ hai⁰)

miz (ya)　baz (di)　　raeuz (di)　　mbouj　danz (ya ndo a hai)

有　　妻　　咱　　不　谈

II

◆ 衬词位置

◆ 汉语句译

O

XOXXOXX　　　　　今天我飞上街

XXOXOXOXO　　　今天我去街市

XOXOXXXO　　　　我飞上街赶集

XOXXXOXO　　　　飞上街去相会

XXXOXOXO　　　　飞上街去相逢

XOXXXXO　　　　　我问你一些话

XXXOXXO　　　　　我问你一些事

XXXXXO　　　　　　你是哪里人

XXXOXOXO　　　　你家在哪里

XXXXXO　　　　　　哪里的人来赶集

XOXOXOXOXO　　哪里的人上街来

XXXOXOXO　　　　是斑鸠还是麻鸡

XXXXX　　　　　　是草果还是槟榔

XXXOXOX　　　　　你是否还是单身

XXXOXXO　　　　　不单身我就不跟你耍了

XOXOXOXXO　　　有老婆我就不跟你谈了

◆ 词语解析

lanh［laːn^6］：〈形容词〉单身，独身。

hangq［haːŋ^5］：〈名词〉街、街道，本字为汉字"巷"。

bouq［phu^5］：〈名词〉铺子、店铺，街，本字为汉字"铺"。

hok［hɔk^7］：〈动词〉做。

bomz［pɔm^2］：〈动词〉隐藏，庇护，聚拢。

daeuh［tau^6］：〈形容词〉蓝色，本意为灰烬。

❖ 文化解析

这首歌的曲调主要流传在云南文山广南县，在这里，这类曲调的民歌壮语称为"伦（lwenx［luːn⁴/ləːn⁴］）"，演唱这类曲调的壮族群体如今大多数自称为"侬（noengz［noŋ²］）"，而广西壮族侬人主要把民歌称为"诗（sei［ɬi/ɬei］）"，也有称为"伦（lwenx）"和"欢（fwen［phəːn¹］）"的。但是这并不能说明壮族自称和民歌称谓是完全吻合的，因为一个群体的自称是可以根据历史发展背景和经历进行调整或约定俗成的，就如同一个人不同时期或同一时期可以拥有多个名字一样，民歌的称谓也是随着文化和语言的变化而发生变化的，如同"电话"一词取代了音译的"德律风"，"科学"取代了"赛先生"一样。

笔者在云南广南进行田野调查的时候，对于当地壮族的称谓有一个直接的认识，就是广南的壮族绝大多数自称为"侬（noengz）"，但城里也有部分壮族自称为"傣（daez［tai²］）"，例如旧汽车站一裁缝店的老板。"daez"这个音，有的专家用汉字"岱"或"岱侬"来记，以示和与壮族同根生的傣族的"傣"相区别。广南县的壮族自认为是"侬"，认为广南以下的县份，如西畴、麻栗坡、马关、砚山等地的壮族才是"傣"，但恰恰相反，那些地方的人却自认为自己是"侬"，而把广南的壮族叫作"傣"，这个和广南境内的壮族北部方言人群，即自称为"（布）依（yaej［ʔjai⁴］）"的人群称广南县城的南部方言人群为"傣"是一致的。这些现象是笔者做调查时收集到的，同时也在与北京大学博士、云南师范大学壮侗语学者侬常生先生交流时有所闻。这些现象说明民族内部的自称与他称其实是一个复杂的历史问题、社会问题和文化问题，不是一个唯一的一成不变的符号，它需要大量的历史知识、民族学知识和语言学知识等多门学科相互交叉配合研究才能有一个较为清晰、客观和科学的认识，例如要熟悉整个壮侗语民族的迁徙史、侬智高起义的历史、地方历史及土司制度等知识。

这首歌只是一首长歌中的一小部分，至于这首长歌有多少句也没有确切的定量，因为歌者会根据歌唱环境的具体情况随机应变。用韵不是特别的严谨，有散句的嫌疑，但是还是使用了脚腰韵，例如"roeg raeu laz gaeq daeuh""mak haeuj laz bing langz"这两句中的"daeuh"和"haeuj"，不仅押"aeu"韵，还讲究字的平仄，都为仄声字。歌词也会因为歌者的实际演唱活动而有所变化，如人称代词，口述时记录全是"gou（我）"，但唱的时候就会变成"raeuz（咱们）"，"venh"表示"如此"，但唱时会被一个"ga"音替换……这些现象，笔者在做田野调查的时候都尽量忠实地把它们记录下来，以供人们做研究使用。

对偶和比喻依旧是最常用的修辞手法。对偶在歌词里体现得淋漓尽致，上句和下句形成一个对偶句，其所要表达的意思其实是相近或相同的，对偶的修辞手法使得所要表达的内容得到加强、突出，并更音乐化、文学化，即节奏更强烈了，表达更细腻了，所要表达的意思经过重复使人印象更深刻而不容易忘记。在这首歌中，"mbin hangq""mbin bouq"和"hok gai"等所表达的其实都不是本意，而指的是相约对歌，也就是赶歌圩的意思。在初次相遇的时候唱，在唱歌时一直进行试探，例如拿长得很相似的斑鸠和麻鸡、草果和槟榔来比喻，说明从外表上没法一眼看出对方是否单身、是否值得继续交往，这些都是充满智慧的表达。

在衬词和衬句方面，该民歌调喜欢用"i"和"a"两个元音，形成例如"di"这样的衬词。另外，根据不同的歌唱环境，结尾所使用的衬词是不一样的，在室内进行歌唱活动时，使用"lo a o"这样的衬句，在室外进行歌唱活动时则使用"lo a hai"这样的衬句进行收尾。开头则使用"youx a fax di lanh"这样的固定衬句。笔者在进行民歌文化背景调查的田野活动时，诸如衬词、衬句等内容，在语音上感觉应该有实际意义的部分，向调查对象进行咨询和求证时，往往会碰壁，因为调查对象自己也说不出其中的内涵来，他们更多的是根据口口相传的形式进行文化的传承，并不会深刻地挖掘其背后的历史文化，因此这类考察是非常考验人的。笔者对"youx a fax di lanh"这句衬句的实际含义进行分析，大概得到的字面含义是"单身的朋友"，即歌者对对歌对象的称呼，作为开场使用。"lanh"一词在云南广南及滇桂交界处广西一侧的西林等地的各方言壮语民歌种类中均有使用，表示"单身""独身"等，"youx"使用得更广泛，借自汉语的"友"，但词义可以扩展为情人、恋人、爱人和友人等，在壮语、布依语及西双版纳傣语中都存在这种用法。民歌衬词和衬句有着非常深厚的内涵，除运用音乐的知识外，还要运用语言学的知识等，下极大的功夫进行长期的跟踪调查、研究才会对其有更深刻的认识，这个问题应该得到进一步研究。

唱这首歌的歌者是云南广南县太平寨革侬寨的陆爱莲大姐，由广南县著名的壮族文艺工作者陆庭文引荐。革侬寨是一个壮语地名，当地壮语称为 $[kha^{24} nɔŋ^{33}]$，语义不详，因疑似有音变，后请庭文兄请教了当地的文史老专家，得到的解释大概是"水塘边"的意思，即壮语"ga nong $[kha^{1} nɔŋ^{1}]$"的音译，"ga"是"腿"，"nong"是"池塘"，因过去村子旁边是一个大水塘而得名，后语音讹化并被人们逐渐遗忘，故难以解释其意。笔者认为，这个解释是可信的。

MBIN HANGQ MBIN BOUQ

飞到街上去

采集地：云南广南
演唱者：陆爱莲
采录、译词：刘敬柳
记谱：岳子威
制谱：岳子威

(youx a fax di lanh ni) ngoenz (ni) neix gou (di) mbin hangq ngoenz neix (di) raeuz(a)

mbin (na) bouq (a) gou (di) mbin (ni) bouq hok gai (ndw no a)

mbin (ni) bouq ndaej doengz (i) bomz(mi ndw no a) mbin hangq ndaej (ya)

doengz (nga) bungq (nga) gou (di) cam mbauq ga gaemz (mi) raeuz cam

mwngz (di) ga diuh (va) mbauq cawh boux ix lawz (ndi) mwngz cawh

vunz (na) ix (ya) lawz (a) boux deih lawz mbin hangq (mbin hw no a) vunz (na)

ix (di) lawz (a) mbin (na) bouq (w) roeg raeu laz (di) gaeq (ya)daeuh (a) mak haeuj

laz bing langz langz ndwi laz (a) mij (ya) ndwi mij ndwi gou (di) mbouj saj (youx a

ho ya) miz (ya)baz (di) raeuz (di) mbouj danz (ya ndo a hai)

3. BAEK NDOK CUX YAIX GYAI
插花才让过

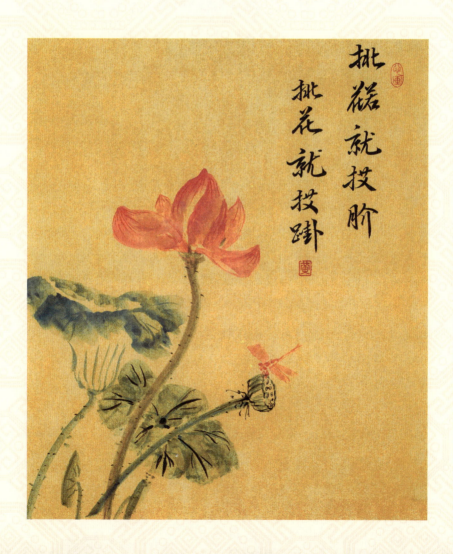

传唱：黄廷友 / 男，云南西畴人，自称"布侬（boux noengz〔phu⁴ nwɔŋ²〕）"；卢宗秀 / 女，云南西畴人，自称"布侬"

记译：刘敬柳

记谱：韦庆炳

流传地区：云南文山西畴等地

采集时间：2018 年 6 月 11 日

采集地点：云南西畴

❖ **双语歌词及音标**

ʔba:u⁵

Mbauq:

男：

pak⁷ ʔduɐk⁸ kwɐn⁵ (lə⁰) ʔduɐŋ¹ (oi⁰ zə⁰)

baek ndok gonq (lw) ndong (oi rw)

插 花 先（咯） 亲家（喂喏）

pak⁷(ki⁰) wɒ¹ kwɐn⁵ (lə⁰) ɖu⁴ (oi⁰ zə⁰ jo⁰ tɕiu¹ ni⁰ ja⁰ ʔduɐŋ¹ oi⁰ zə⁰)

baek (gi) va gonq (lw) youx (oi rw yo gyiu ni ya ndong oi rw)

插（叽） 花 先（咯） 友 （喂喏哟亲家呢呀亲家喂喏）

pak⁷ ʔduɐk⁸ tɕu⁴ ja:i⁴ tɕa:i¹ (za⁰ ʔduɐŋ¹ oi⁰ zə⁰)

baek ndok cux yaix gyai (ra ndong oi rw)

插 花 就 让 过 （咋 亲家 喂喏）

pak⁷(ki⁰) wɒ¹ tɕu⁴ ja:i⁴ kɒ⁵ (oi⁰ zə⁰ jo⁰ tɕiu¹ ni⁰ ja⁰ ʔduɐŋ¹ oi⁰ zə⁰)

baek (gi) va cux yaix gvaq (oi rw yo gyiu ni ya ndong oi rw)

插（叽） 花 就 让 过 （喂喏哟亲家呢呀 亲家 喂喏）

tɕu⁴ jaːi⁴ kɒ⁵ ðuɐŋ⁶ nɒ²(za⁰ ʔduɐŋ¹ oi⁰ zə⁰)

cux yaix gvaq rangh naz (ra ndong oi rw)

就　让　过　片　田（咋亲家　喂　喏）

tɕu⁴ jɒːi⁴ tɕaːi¹ ðuɐŋ⁶ nɛm⁴ (oi⁰ zə⁰ jo⁰ tɕiu¹ ni⁰ ja⁰ ʔduɐŋ¹ oi⁰ zə⁰)

cux yaix gyai rangh raemx (oi rw yo gyiu ni ya ndong oi rw)

就　让　过　片　水　（喂喏哟　亲家呢呀　亲家　喂喏）

saːu¹

Sau:

女：

hɐn⁶ le² wjɐk⁸ lo⁶ kwɐn⁵(la⁰) ʔduɐŋ¹ (aːi⁰ zə⁰)

haenh lez vaeg loh gonq (la) ndong (ai rw)

比　如　让　路　先（咯）　亲家（哎喏）

kʰei¹ ʔdɐn¹ kwɐn⁵(la⁰) ɖu⁴ (ja⁰ lə⁰)

hai ndaen gonq (la) youx (ya lw)

开　地　先（咯）　友（呀嘞）

(ʔji⁰) wjɐk⁸ lo⁶ jaːi⁴(ʔ) naːŋ² pei¹ (laʔ⁰)

(yi) vaeg loh yaix nangz bae (la)

（咦）让　路　让　娘子　去（啦）

kʰei¹ ʔdɐn¹ jaːi⁴ naːŋ² kɒ⁵ (ja⁰ lo⁰)

hai ndaen yaix nangz gvaq (ja lo)

开　地　让　娘子　过（呀咯）

(ʔji⁰) tɕu⁴ jaːi⁴ kɒ⁵(ʔ) ðuɐŋ⁶ nɒ² (la⁰)

(yi) cux yaix gvaq rangh naz (la)

（咦）就　让　过　片　田（啦）

tɕu⁴ jaːi⁴ tɕaːi¹ ðuɐŋ⁶ nɛm⁴ (ja⁰ lə⁰ ji⁰ ja⁰ tɕiu¹ ni⁰ ja⁰ ʔduɐŋ¹ oi⁰ lə⁰)

cux yaix gyai rangh raemx (ya lw yi ya gyiu ni ya ndong oi lw)

就　让　过　片　水　（呀嘞咦呀亲家呢呀　亲家　喂　嘞）

◆ 衬词位置

男：

XXXOXO

XOXXOXO

XXXXXO

XOXXXXO

XXXXXO

XXXXXO

女：

XXXXXOXO

XXXOXO

OXXXXXO

XXXXXO

OXXXXXO

XXXXXO

◆ 汉语句译

男：

先来栽花吧，姑娘

先来种花吧，娘子

你若栽花便让你过

你若种花便让你走

让你从这片水田过

让你从这条流水走

女：

请让条路吧，阿哥

请先开道吧，朋友

让开一条路给我们过去

开一条道路让我们过去

让我们走过这片田地

让我们跨过这条小河

◆ 词语解析

ndong［ʔdɯŋ¹］：〈名词〉亲家，在民歌中常引申为对对方的爱称，有朋友、爱人和歌友的意思。

gyiu［tɕiu¹］：〈名词〉亲家，同"ndong"一样，在民歌中常引申为对对方的爱称，有朋友、爱人和歌友的意思。

cux［tɕu⁴］：〈副词〉就。

yaix［jaːi⁴］：〈动词〉让，允许。

gyai［tɕaːi¹］：〈动词〉过，离开；消失；（笋壳）脱落；（老人）去世。

haenh lez［hɐn⁶ le²］：〈副词〉比如，例如，好像。

vaeg［wjɐk⁸］：〈动词〉让（路）。

◆ 文化解析

　　2018 年 6 月，笔者在云南文山进行采风，在西畴县期间得到了当地壮族文化优秀工作者农勇先生的倾力帮助，到汤谷村、莲花塘及西畴县壮学会考察了壮语文化和民歌，在此表示诚挚的感谢。

　　当地民歌手黄廷友大哥和卢宗秀大姐热情地帮助了笔者，至今回忆起来都会感动。在西畴期间，笔者占用了他们的时间，让他们在西畴县壮学会的办公室里为笔者演唱了将近一小时的民歌，本书只收录其中男女对唱的两小段。此歌属于情歌中的探情系列，即男女双方相互试探对方的个人信息、家庭情况、真实感受和好感程度等。歌词的长短不是固定的，而是"见子打子"，也就是随机的，看实际情况而定。但是路数确实是相对统一的，都是以"插花"作为"对歌"的比喻，开篇先邀请对方和自己对歌，然后渐进地询问对方的实际情况和真实想法。

　　在实际的演唱活动中，歌词中会出现很多地名，主要是村名、街名、山名及树木、花卉等的名字，这些都反映出一定的人文信息和文化含义。有些内容很难考证，因为歌手自己也说不清楚这些地名如今指的是什么地方，这说明了口传方式对历史人文信息传承的局限性，因此非常有必要以书面的形式和民族语言文字的手段对少数民族文化进行抢救性的记录、整理，建立数据库，并且进行公众性的分享。

　　歌词中的"ndong""gyiu"本意都是"亲家"，但是对应现代汉语的口语习惯，指的是"朋友"。在情歌中使用"ndong""gyiu"

21

这类称呼，说明了歌者对歌的最终目的是希望能与对方交往，喜结良缘。

"baek ndok" "baek va" 直译成汉语都是"插花""种花"的意思，但是它的文化含义是"唱情歌""对情歌"或"谈恋爱"。"花"预示着美好的爱情，把"花"种下，即希望把爱情的种子撒下，那么"对歌"就是爱情开始的第一步。这样的比喻，在很多壮族地区都是相同的，因此我们对于歌词中的词汇，要尽量分析它们的文化含义，并且在新民歌和其他类型歌曲的创作中充分利用它们，盘活它们，使它们生存和发展的空间更加广泛，同时也使得新创作的壮族母语和汉语歌曲更具文化意蕴。

BAEK NDOK CUX YAIX GYAI
插花才让过

采集地点：云南西畴
演唱者：黄廷友、卢宗秀
采录、译词：刘敬柳
记谱：韦庆炳
制谱：谦谦音乐

（男）baek ndok gonq (lw) ndong(oi rw) 1.baek (gi) va gonq (lw) youx (oi)(yo gyiu
2.baek (gi) va cux yaix gvaq (oi)(yo gyiu

ni ya ndong oi rw) baek ndok cux yaix gyai (ra ndong oi rw)
ni ya ndong oi rw) cux yaix gvaq rangh naz (ra ndong oi rw)

cux yaix gyai rangh raemx (oi rw) (yo gyiu ni ya ndong oi rw)

（女）haenh lez vaeg loh gonq (la) ndong(ai rw) hai ndaen gonq (la)

youx (ya lw) (yi) vaeg loh yaix nangz bae (la) hai ndaen

yaix nangz gvaq (ya lo) (yi) cux yaix gvaq rangh naz (la)

cux yaix gyai rangh raemx (ya lw) (yi gyiu ni ya ndong oi lw)

4. HOK VUNZ RAEUZ CIZ NDAEJ
人生如此才值得

传唱：王秀琼／女，云南文山人，自称"布侬（boux noengz［phu⁴ nɔŋ²］）"
记译：刘敬柳
记谱：凌晨
流传地区：云南文山
采集时间：2018 年 6 月 17 日
采集地点：云南文山

◆ 双语歌词及音标

(saːu⁶ a⁰ ʔdɔŋ¹ laːŋ² miu² kɔn² ni⁶ ə⁰ ju⁴ kau⁵ a⁰)
(sauh a ndong langz miuz vunz neix w youx gaeuq a)
(辈 啊 亲家 郎 年 人 这 啊 友 旧 啊)

ɲiəŋ² thaŋ¹ saːu⁶ wan² ni⁶ (le⁰ ja⁰)
nyangz daengz sauh ngoenz neix (le ya)
碰 到 辈 日子 这

ɲiəŋ² thaŋ¹ miu² kaːu¹ ni⁶ (le⁰)
nyangz daengz miuz gau neix (le)
碰 到 年 次 这

wan² ni⁶ tɕau⁶ wan² (li⁰) di¹ (ju⁴ laːŋ²)
ngoenz neix cawh ngoenz (li) ndei (youx langz)
日子 这 是 日子 好 （友 郎）

kaːu¹ ni⁶ tɕau⁶ kaːu¹ ho⁶ (le⁰)
gau neix cawh gau hoz (le)
次 这 是 次 合

(ə⁰ miu² kɔn² li⁰ ə⁰ ju⁴ kau⁵ wa⁰)
(w miuz vunz li w youx gaeuq va)
(啊 年 人 哩 啊 友 旧 啊)

sɔŋ¹ pa:i⁶ mɑ² tuŋ² puŋ² (lo⁰)
song baih ma doengz bungz (lou)
两 旁 来 互 碰

sɔŋ¹ pin² mɑ² tuŋ² phuŋ⁵ (ŋa⁰)
song bien ma doengz bungq (nga)
两 边 来 互 逢

tuŋ² phuŋ⁵ tɕam⁶ lam⁶ kam² (mi⁰ ju⁴)
doengz bungq caemh laemh gaemz (mi youx)
互 逢 共 说 句

sɔŋ¹ pin² tɕam⁶ lam⁶ kha:u⁵ (a⁰)
song bien caemh laemh hauq (a)
两 边 共 说 话

(kɔn² mi² ju⁴ kau⁵ wa⁰)
(vunz miz youx gaeuq va)
（人 有 友 旧 啊）

tɕam⁶ lam⁶ kha:u⁶ mi² sim¹ (ju⁴ la:ŋ² oi⁰)
caemh laemh hauq miz sim (youx langz oi)
共 说 话 有 心 （友 郎）

tɕam⁶ lam⁶ (mi⁰) kam² mi² i⁵
caemh laemh (mi) gaemz miz eiq
共 说 句 有 意

tɕaɯ¹ mi² i⁵ tɕam⁶ pak⁷ wa¹ (ju⁴ la:ŋ²)
caw miz eiq caemh baek va (youx langz)
心 有 意 共 插 花 （友 郎）

tɕaɯ¹	mi²	sim¹	tɕaɯ⁶	pak⁷	dɔk⁷ (a⁰)
caw	miz	sim	caemh	baek	ndok (a)
心	有	心	共	插	花

au¹	dɔk⁷	ruŋ⁶	khau³	məːŋ² (a⁰)	
aeu	ndok	rongh	haeuj	miengz (a)	
要	花	亮	进	勐	

au¹	kam²	nəːŋ⁶	khau³	baːn³ (le⁰)	
aeu	gaemz	nwngq	haeuj	mbanj (le)	
要	句	一	进	村	

(o⁰)	miu²	kɔn²	ju⁴	kau⁵	wa⁰)
(o	miuz	vunz	youx	gaeuq	va)
(哦	年	人	友	旧	啊)

kaːu¹	han³	rau²	tɕu⁴	tsi⁶	ɲin⁶ (lo⁰)
gau	haenx	raeuz	cux	ciz	nyienh (lo)
次	那	咱	就	值	认

hɔk⁷	kɔn²	rau²	tɕu⁴	tsi⁶	dai³ (lei⁰)
hok	vunz	raeuz	cux	ciz	ndaej (lei)
做	人	咱	就	值	得

注：

① "sauh a ndong langz miuz vunz neix w youx gaeuq a" 此唱句独白
的时候为 "aen sauh a ndong langz miuz vunz neix w youx gaeuq a"，
句子开头有个词头 "aen（个）"。

② "daengz miuz gau neix（le）" 此唱句应该为 "nyangz daengz miuz
gau neix（le）"，即有 "nyangz（碰见）" 一词。

③ "aeu gaemz nwngq haeuj mbanj（le）" 此唱句应该为 "aeu va lweng
haeuj mbanj（le）"，即 "gaemz nwngq（一句话）" 应该为 "va rwenh（花

响亮，即歌唱得悦耳）"。

④ "song bien caemh laemh hauq (a)" 此唱句应该为 "doengz bungz caemh laemh hauq (a)"，与上句形成更缜密的对偶关系。

◆ 衬词位置	◆ 汉语句译
O	（朋友啊老朋友啊）
XXXXXO	今天咱们相遇了
XXXXXO	今天咱们相见了
XXXXOXO	今天是个好日子
XXXXXO	这次是个好时机
O	（朋友啊老朋友啊）
XXXXXO	咱们两个来相聚
XXXXXO	咱们两个来相逢
XXXXXO	相聚就要说几句
XXXXXO	相逢就要讲几句
O	（有情的你啊）
XXXXXO	一起说说有情话
XXOXXX	一起讲讲有心语
XXXXXO	若是有心就插花
XXXXXO	若是有心就栽花
XXXXXO	让花绚丽整个城
XXXXXO	让花鲜艳全村子
O	（朋友啊老朋友啊）
XXXXXXO	人生如此才值得
XXXXXX	咱们做人才值得

❖ 词语解析

sauh［saːu⁶］：〈量词〉次数（夜间鸡叫的次数），时期；〈名词〉行辈，在这里与"ndong（亲家）"结合，表示对对歌男子的尊称。

ndong［dɔŋ¹］：〈名词〉亲家，在这里引申为恋人、谈恋爱的对象。

langz［laːŋ²］：〈名词〉郎、君，对男子的尊称，常出现在歌谣中，与"nangz（娘子）"相对。

youx gaeuq［juː⁴ kau⁵］：〈名词〉老朋友，在歌谣中是对对歌男子的礼貌称呼。

youx langz［juː⁴ laːŋ²］：〈名词〉朋友，男性朋友，指对歌的男子。

miuz［miu²］：〈名词〉年，辈，季，本字为汉字的"苗"。

miuz vunz［miu² kɔn²］：〈名词〉人生，人这一辈子。

gau［kaːu¹］：〈量词〉次。

laemh［lam⁶］：〈动词〉说。

hauq［khaːu⁵］：〈名词〉话；〈动词〉讲，唱。

miengz［məːŋ²］：〈名词〉勐，根据不同的语境有国家、地区、城市、城镇等意。

❖ 文化解析

这首歌在题材上属于相遇歌，当地壮语叫作"lwenx doengz bungq［ləːn⁴ tuŋ² phuŋ⁵］"，"lwenx（伦）"是"歌"的意思，"doengz bungq"是"相逢"的意思。相遇歌，即在男女相逢的时候对唱，主要是询问对方的状况，赞美对方的美好，以及含蓄地、试探性地提出一些疑问。这首歌是笔者在云南文山采风的时候向当地壮族民歌手王秀琼大姐求教所得。这个曲调主要流行在文山市周围，演唱这种曲调的壮族人群多自称为 "noengz〔noŋ²〕（侬）" 人，但是歌却被称为 "lwenx"，而不同于广西大部分的侬人把歌称为 "sei〔łi¹/łei¹〕（诗）"，说明 "lwenx" 在壮族中作为一种对民歌的原生叫法是有很深厚的根基性的。

这首歌和其他类型的壮族民歌一样，依旧热衷于采用对偶和比喻的修辞手法，上下两句互为对偶，意思相近或相同，使得所要表达的内容得以强调，让歌手和听众都有更充足的思考和品味的时间。

这首歌里的"插花""栽花"等都是比喻，其内涵是"对歌""恋爱"，因此，在研究壮族歌谣文化文学性的时候，不能光从字面上去理解其字意，更要从文化背景去探索其文学、风俗和礼仪含义。但是做田野调查的时候，我们必须把字面意思忠实地记录下来的，这样才有利于做进一步文化背景的研究工作。

这首歌为五言结构，即基本上每句唱词都是 5 个字，但是却不讲究押韵。歌词很有意思的地方是衬词、衬句，笔者在向秀琼大姐及其家人请教衬词、衬句意思的时候，无人能答，只表示一直如此唱，其有什么所指并不清楚。这是歌谣田野调查工作中很大的挑战，好在笔者懂壮语，懂得壮族歌谣的一些皮毛知识，并且能够运用语言学的知识对材料进行分析，因此基本能探究出它们的实际意思来。如果是女性唱则多使用 "langz（郎）" "youx langz（情郎）" "youx gaeuq（老朋友）" "vunz miz youx gaeuq（有情人）" "sauh ndong（亲家）" 等衬词，男性唱时则多使用 "nangz（娘子）" "youx nangz（情娘）" "vunz miz youx gaeuq（有情人）" 等衬词，尤其是 "sauh（行辈）" 或 "miuz（季节）" 的出现，若是不熟悉这两个词所表达的意思，则会影响对整个衬句的理解。这首歌的衬句已经形成固定的结构，即全篇使用 "sauh a ndong langz miuz vunz neix w youx gaeuq a" 这句话来开唱，然后基本上每四句后出现一句衬句，如"vunz miz youx gaeuq va"或"miuz vunz youx gaeuq va"等。

笔者在文山市进行田野调查的时候恰好是端午节，秀琼大姐热情地邀请我到她妹妹家一起过节，让笔者在外地也能感受到家的温暖。家宴期间，我们讨论了许多问题，包括当地壮语地名、歌唱程式名称、喻体等，例如在一个完整的对歌歌唱活动中，不同的阶段出现的歌唱活动会有不同的名称，如"牵角〔$tchen^1 ko^5$〕"（拉过来）"烙哈莱〔$lwat^7 hat^7 la:i^2$〕"（拔青头菌）等，都非常值得探讨，因此期待下次能够更深入地研究。这次的文山采风是受益匪浅的，感谢秀琼大姐和她的丈夫的传道授业，也感谢农勇先生的引荐。

HOK VUNZ RAEUZ CIZ NDAEJ
人生如此才值得

采集地点：云南文山
演唱者：王秀琼
采录、译词：刘敬柳
记谱：凌 晨
制谱：谦谦音乐

(sauh a ndong langz miuz vunz neix w youx gaeuq a) nyangz daengz sauh ngoenz

neix (le ya) nyangz daengz miuz gau neix (le) ngoenz neix cawh ngoenz (li) ndei (youx langz)

gau neix cawh gau hoz (le) (w miuz vunz li w youx gaeuq va)

song baih ma doengz bungz (lou) song bien ma doengz bungq (nga) doengz bungq caemh laemh

gaemz (mi youx) song bien caemh laemh hauq (a) (vunz miz youx gaeuq va) caemh

laemh hauq miz sim (youx langz oi) caemh laemh (mi) gaemz miz eiq caw miz

eiq caemh baek va (youx langz) caw miz sim caemh baek ndok (a) aeu ndok

rongh haeuj miengz (a) aeu gaemz nwngq haeuj mbanj (le) (o miuz vunz youx

gaeuq va) gau haenx raeuz cux ciz nyienh (lo) hok vunz raeuz cux ciz ndaej (lei)

5. NDIEP GAEN MBOUJ NDIEP GAEN
爱与不爱

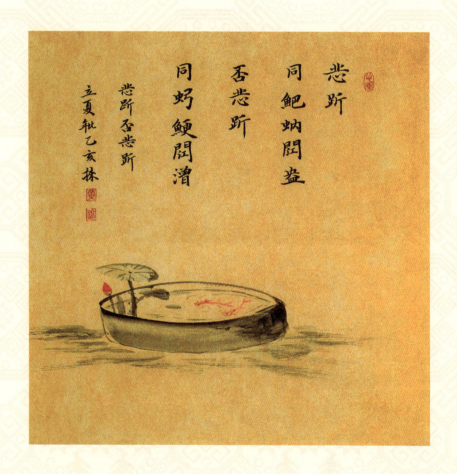

立夏毗乙亥揀

悲圻盃悲圻

同虾鲠閗溰

否悲圻

同鲍蚋閗盆

悲圻

传唱：阮文寿／男，越南谅山人，自称"艮傣（vunz daez［kən²tai²］）"，亦自称"艮土（vunz doj［kən² tho³］）"或"艮僚（vunz raeuz［kən² lau²］）"

记译：刘敬柳

记谱：凌晨

流传地区：越南谅山、中国广西龙州等地

采集时间：2018 年 1 月 19 日、9 月 7 日

采集地点：越南谅山、中国广西南宁

❖ 双语歌词及音标

$łip^7$	wan^2	$kɛn^3$	dai^3	wan^2	nai^6	$mjak^8(ŋ^0)$
cib	ngoenz	genj	ndaej	ngoenz	neix	myaeg (ng)
十	天	选	得	天	这	顺利

$pa:k^7(ŋɯ^0)$	$wan^2(na^0)$	$kɛn^3$	dai^3	wan^2	nai^6	dai^1
bak (ngw)	ngoenz (na)	genj	ndaej	ngoenz	neix	ndei
百	天	选	得	天	这	好

ju^5	liu^2	ho^6	$mi^2(ja^0)$	$pa:ŋ^1$
youq	liuz	hoh	miz (ya)	bang
在	刘	户	有	帮

ju^5	liu^2	$tɕa^1$	mi^2	$koŋ^1(ŋa^0)$
youq	liuz	gya	miz	goeng (nga)
在	刘	家	有	供

ma^2	$ɕe^1$	le^4	$hun^1(na^0)$	$łim^1$
ma	ce	laex	vuen (na)	sim
来	奉	礼	欢	心

ma²	çe¹ (ja⁰)	pa:ŋ¹	hun¹	hi³
ma	ce (ya)	bang	vuen	heij
来	奉	帮	欢	喜

nɔŋ⁴	na:m¹ (ma⁰)	khai¹	pa:k⁷	te³
nuengx	namz (ma)	hai	bak	dej
弟	男	开	口	将

a:n¹	i⁵ (ja⁰)	łak⁷ (ŋəi⁰)	wa:m²	
an	eiq (ya)	saek (ngwi)	vamz	
安	意	个别	句	

khai¹ (jə⁰ le⁰)	wa:m²	te³	a:n¹ (na⁰)	łim¹	łak⁷	i⁵ (ja⁰)
hai (yw le)	vamz	dej	an (na)	sim	saek	iq (ya)
开	句	将	安	心	个别	小

pa:u³ (a⁰)	mə²	thən¹	la:i¹	pi⁶
bauj (a)	mwz	daengz	lai	beix
保	回	到	多	兄

thɛm¹	la:i¹	nɔŋ⁴	ju⁴	pɛn²
dem	lai	nuengx	youx	bengz
和	多	弟	友	贵

la:i¹	tçi⁶	thɛm¹	la:i¹	ɛm¹	ju⁴	diep⁷
lai	cih	dem	lai	em	youx	ndiep
多	姐	和	多	妹	友	爱

diep⁷ (mə⁰ le⁰)	kan¹	łip⁷	wan²	ta:ŋ²	ȵaŋ²	çau³ (a⁰)
ndiep (mw le)	gaen	cib	ngoenz	dangz	nyaengz	gyawj (a)
爱	互	十	天	路	还	近

bo⁵	diep⁷	kan¹	lə:n²	tauɯ³	lən²(na⁰)	
mbouj	ndiep	gaen	ranz	dawj	ranz (na)	
不	爱	互	家	下	家	

nə¹	to⁵	ȵan²(ŋa⁰)	kwai¹			
nw	doq	nyaengz(nga)	gyae			
上	都	还	远			

diep⁷	kan¹ (na⁰)		toŋ²	pja¹	nai²	tɕha:ŋ¹	a:ŋ⁵ (ŋa⁰)
ndiep	gaen (na)		doengz	bya	naez	gyang	angq (nga)
爱	互		同	鱼	鲤	中	盆

bo⁵	diep⁷	kan¹ (na⁰ na⁰)	toŋ²			
mbouj	ndiep	gaen (na na)	doengz			
不	爱	互	同			

kuŋ³	ka:ŋ³	tɕha:ŋ¹ (ŋa⁰)	waŋ²			
gungq	gangj	gyang (nga)	vaengz			
虾	鱼骨	中	深潭			

diep⁷	kan¹	nam⁴	phiəŋ²	pha:ŋ⁵ (ŋə⁰)	ȵan² (ŋa⁰)	lɔi²
ndiep	gaen	raemx	bingz	bangq (ngw)	nyaengz (nga)	loiz
爱	互	水	平	宽	还	浮

bo⁵	diep⁷	kan¹ (nə⁰ ȵe⁰)	nam⁴	lɔi¹ (ja⁰)	wa:i²	ȵan² (ŋa⁰)	wan³
mbouj	ndiep	gaen (nw nye)	raemx	loi (ya)	vaiz	nyaengz (nga)	vaenj
不	爱	互	水	鞭	牛	还	绕开

diep⁷ (mə⁰ le⁰)	kan¹	toŋ²	ko¹ (a⁰)	ɬuŋ¹	ɬi⁵	kwi⁵ (ja⁰)
ndiep (mw le)	gaen	doengz	go (a)	sung	seiq	gveiq (ya)
爱	互	同	棵	木瓜	四	贵

bo⁵	diep⁷ (mə⁰)	kan¹	pan² (nə⁰ ne⁰)	pɔŋ³	pi³	pai¹ (ja⁰)	da:i¹
mbouj	ndiep (me)	gaen	baenz (nw ne)	bongj	beij	bae (ya)	ndwi
不	爱	互	成	管	笛	去	仅

diep⁷ kan¹ (nə⁰)	nam⁴	tɔ¹ (a⁰)	sən¹	bo⁵	lot⁷ (ta⁰)
ndiep gaen (nw)	raemx	do (a)	saeng	mbouj	lot (da)
爱 互	水	装	筛子	不	漏

bo⁷	diep⁷	kan¹ (na⁰)	nam⁴ tɔ¹	tsɛn³	bjɔk⁷	ȵaŋ² (ŋa⁰ le⁰)	ta:n⁶
mbouj	ndiep	gaen (na)	raemx do	cenj	ndok	nyaengz (nga le)	danh
不	爱	互	水 装	盏	花	还	溅

diep⁷	kan¹ (na⁰)	nam⁴	tɔ¹ (a⁰)	sən¹	bo⁵	la:ŋ⁵ (ŋa⁰)
ndiep	gaen (na)	raemx	do (a)	saeng	mbouj	langq (nga)
爱	互	水	装	筛子	不	散

bo⁵	diep⁷ (mə⁰)	kan¹	nam⁵	tɔ¹	a:ŋ⁵	ȵaŋ² (ŋa⁰)	lai¹
mbouj	ndiep (mw)	gaen	raemx	do	angq	nyaengz (nga)	lae
不	爱	互	水	装	盆	还	流

diep⁷	kan¹	ka:i⁵	kiu² (a⁰)	mai¹	ȵaŋ² (ŋa⁰)	dai³ (ja⁰)
ndiep	gaen	gaiq	giuz (a)	mae	nyaengz (nga)	ndaej (ya)
爱	互	架	桥	线	还	得

bo⁵	diep⁷ (mə⁰)	kan¹	ka:i⁵	kiu²	mai⁴	tak⁷ (ŋ⁰)	ça:ŋ¹
mbouj	ndiep (mw)	gaen	gaiq	giuz	faex	raek (ng)	gyang
不	爱	互	架	桥	木	断	中间

◆ 衬词位置	◆ 汉语句译
XXXXXXXO	十天才选出今天这个顺利的日子
XOXOXXXXX	百日才选到今天这个吉祥的日子
XXXXXOX	刘家今天做帮
XXXXXO	刘家今天供奉
XXXXOX	奉上供品很欢心
XXOXXX	求得解帮很欢喜
XXOXXXXXOXOX	在下我开口唱几句祝福的话
XOXXXOXXXO	唱几句宽心的话
XO(X)XXXXXXXX	保佑兄弟们
XXXXXXX	祝福姐妹们
XOXXXXXXO	若是相爱的话，要走十天的路都觉得近
XXXXXXOXXXOX	若是不爱的话，左邻右舍都嫌远
XXOXXXXXO	若是相爱的话，就如盆中锦鲤缠绵悱恻
XXXOXXXXOX	若是不爱的话，就如深潭老虾子子一身
XXXXXOXOX	若是相爱的话，汪洋无际都能游过去
XXXOXXOXXO	若是不爱的话，河窄如牛鞭都要绕着走
XOXXOXXXXO	若是相爱的话，就如同木瓜四季皆有
XXOXXOXXXO	若是不爱的话，就如同禾笛昙花一现
XXOXXOXXXO	若是相爱的话，筛子盛水都不漏
XXXOXXXXXOX	若是不爱的话，花杯盛水都溅出
XXOXOXXXXO	若是相爱的话，筛子盛水水不散
XXOXXXXO	若是不爱的话，盆子盛水都流走
XXXXOXXOXO	若是相爱的话，细线架桥都能过
XXOXXXXXO	若是不爱的话，木头架桥走过都要断

◆ 词语解析

myaeg［mjak^8］：〈形容词〉滑，引申为顺利、吉利。

hoh［ho^6］：〈名词〉户，汉语借词，表示某一户人家，常用在民歌或祈福仪式中，与姓连用，按照汉语语法置于姓后。

gya［tɕa^1］：〈名词〉家，汉语借词，表示某一户人家，常用在民歌或祈福仪式中，与姓连用，按照汉语语法置于姓后，同"hoh"。

bang［paːŋ^1］：〈名词〉帮，祈福消灾的仪式。

goeng［koŋ^1］：〈名词〉供，表示供奉、伺候。

namz［naːm^1］：〈名词〉男，汉语借词，从京语中的汉越音借入，因而按第一调类借入，京语为"nam"。

vamz［waːm^2］：〈名词〉句、句子。

saek iq［łak^7 i^5］：〈数量词〉一点点、一点儿。

youx bengz［ju^4 pɛŋ^2］：〈名词〉尊贵的朋友。

youx ndiep［ju^{4}diep^7］：〈名词〉亲爱的朋友。

em［ɛm^1］：〈名词〉妹妹或弟弟，京语借词，京语为"em"。

cih［tɕi^6］：〈名词〉姐姐，京语借词，京语为"chị"。

angq［aːŋ^5］：〈名词〉缸，盛器。

loiz［lɔi^2］：〈动词〉浮，浮动，浮游。

loi［lɔi^1］：〈名词〉鞭子，京语借词，京语为"roi"。

do［tɔ^1］：〈动词〉盛放，盛接，过滤。

saeng［səŋ^1］：〈名词〉筛子，簸箕。

　　确切地说，收录的这首歌不属于民歌，更不属于情歌，而是使用了做仙仪式的弹唱形式和唱调来演唱，可以当作仪式歌曲或曲艺歌曲。但是不管它属于哪类民间音乐形式，它所唱的内容可以理解为爱情，当然也可以理解为包括友情在内的其他情感，就看歌手和听众自己的感受和认知了。

　　这类弹唱使用的乐器是天琴，确切来说译成汉语应该是"仙琴"，因为用这类弹拨乐器所做的仪式壮语叫作"hit sien［het⁷ ɬien¹］"，翻译成汉语意思是"做仙"，因此从乐器的功能方面命名的话自然是"做仙所使用的琴"，简称"仙琴"。当然，叫作"天琴"也不是绝对的错误，因为越南某些地方的壮语方言，如西北部的老街、河江、安沛等省及太原省的壮语，"s［ɬ］"声母受京语，即越南语的影响，会读作"t［th］"，如"song［ɬoŋ¹］（二）"读作"tong"，"swj［ɬɯə³］（衣服）"读作"twj［thɯə³］"，"seiq［ɬi⁵］（四）"读作"tiq"等，所以这些地方的壮语把"sien［ɬien¹］"读作"tien［thien¹］"就不足为奇了。然后京语又进一步模仿壮语，把它读作［then¹］，越南文写作"then"。因为京语是越南的国家通用语言，它把壮语的"sien"改造成"then"后，又通过国家和各民族通用语言的有利优势重新进入到当地壮语方言中，形成当地壮语中"sien"和"then"共存的格局，对内使用"sien"，对外使用"then"。

　　中越边境地区，如龙州、凭祥、防城港等地的壮语人群在过去深受越南文化的影响，其语言有类似"then"这样的表达是很正常的，因此把"做仙用的琴"音译为"做'天'用的琴"，简称为"天琴"也是没错的，只是必须说清楚的是这里的"天"是一个音译，跟"天空""天上"无关，它的本字应该是"仙"而不是"天"。这个问题在越南国家文化遗产局的官网里有资料说明，原文写道"then là chỉ các vị thần linh ở Mường Trời"，意思是"then 指的是天界的各位神灵"，可见"then"不是"天界"，而是天界里的"各位神灵"，即"仙"。这个问题在《Từ Điển Văn Hóa Tày Thái Nùng》（《越南岱泰侬文化词典》），即越南的壮语文化词典里也有说明，书中认为大多数做仪式的老人们不会认为"then"是"trời（天）"的意思，而认为是"sliên（仙）"的意思。

另外，从语言文化学角度看，这类乐器不一定只有"天琴"这一个汉语名称，从现代民族的划分来看，它也不是壮族独有的民族乐器。壮语把天琴叫作"dingq［tiŋ⁵］""dwng dwng［tɤŋ²¹ tɤŋ³³］"或"dingq daeuj［tiŋ⁵ tau³］"等，前二者是根据乐器发出的声音"叮""噔"来命名的，最后一个词是根据其制作工具"daeuj（葫芦）"来命名的，因此，从音译的角度来说，它还可以叫作"叮琴"等。从广义上说，整个壮傣语支（台语支）语言把弹拨乐器都统称为"dingq"，这里头包括壮语、泰语、老挝语和傣语，这说明它们还未分化的时候就对这类乐器有了共同的认识和命名方式；从狭义上说，"dingq"又特指用来为做仙仪式弹奏的弦乐器，可两弦可三弦，做仙仪式不仅是壮族的传统习俗，同时也是部分傣族（我国云南金平傣族，以及越南的黑傣、白傣等族群）的传统习俗，因此"dingq"是他们共同的仪式乐器。客观地说，天琴不是壮族特有的乐器，而是和与它同源的其他兄弟民族，如傣族共有的民族乐器。另外，"天琴"只是一个业内或约定俗成的汉语称谓，同时还可能有"叮琴""三弦叮琴""两弦叮琴"等汉语称谓，这些汉语称谓看似不同，但是都对应壮-傣语的"dingq"这个概念，因此，它们实质是同一个事物。笔者觉得非常有必要从语言学的角度深刻地探讨清楚这个问题，因此根据自己所掌握的资料阐述了以上观点。

这首歌属于民间弹唱类音乐，音乐旋律会根据歌者各方面条件和歌唱环境的具体要求而呈现出不同的变化，也就是说旋律不是唯一的，不是一成不变的，因此我们记录的应该是它的"骨谱"，而不是唯一的"标准"。在弹奏歌唱中，歌者有各种"加花"和声音的处理，包括衬词的位置和衬词所呈现出来的元音的高低、前后和圆展都不是绝对唯一的。例如，根据音程的长短等，衬词呈现出 $[\eta a^0]$ $[\eta\partial^0]$ 和 $[\dot{\eta}]$ 3 种语音形式，其实它们都是一样的，都是 $[a^0]$ 受前一个字的舌面后鼻音 $[\eta]$ 同化后产生的形式，$[\eta\partial^0]$ 是 $[\eta a^0]$ 的弱化，$[\dot{\eta}]$ 是 $[\eta\partial^0]$ 的弱化……因此，这首歌所使用的衬词的核心是前低展唇元音 $[a^0]$，在它的基础上根据前后音节间的相互作用产生各种音变。歌词中衬词的位置也是灵活的，但是大体还是可以摸清它们主要存在的位置，例如除开场词外的部分，上句的末字即第 7 个字后几乎全有衬词，下句的第 7 个字后几乎也都会出现衬词，上句出现的"1 后-7 后、2 后-7 后"的衬词位置形式，跟下句出现的"1 后-7 后、2 后-7 后、3 后-8 后（9 字句）"的形式是相当的，总结起来就是衬词最可能出现的位置就是上句的首字或第 2 个字后、末字后，下句的第 2 个字后和倒数第 2 个字后，这些都是跟弹唱节奏的需要相对应的。因为弹唱的自由度，所以这首歌的歌词格式是一个混合体，句子有五言、七言和八言等形式，八言是在七言的形式上加了一个否定词变来的，其采用的修辞手法最凸显的就是对偶和比喻。

这首歌从开头第一句"cib ngoenz genj ndaej ngoenz neix myaeg"到"lai cih dem lai nuengx youx ndiep"这一句都是开场词，是对在座听众的寒暄和祝福，其中的"liuz hoh（刘户）""liuz gya（刘家）"是歌者为笔者所唱的，是临时性的，这类表达在具体的歌唱环境里可以调换。

　　这首歌押的是脚腰韵，这是壮语诗歌乃至整个壮侗语族语言诗歌最显著、最重要的押韵形式，即上句的尾字和下句的中间某个字互押，并且要讲究平仄，即平声字对平声字，仄声字对仄声字，例如"ndiep gaen doengz bya naez gyang angq""mbouj ndiep gaen doengz gungq gangj gyang vaengz"这两句，上句的末字"angq（缸）"与下句中间的某字（第6个字）"gangj（刺）"相押韵，并且"angq"是仄声字，"gangj"也是仄声字。因此，壮语的诗歌，光是押韵还不够，还要同时满足字的平仄关系，二者缺一不可，这样创作出来的诗歌才是合乎其母语文学审美要求的。

　　这首歌由越南谅山省天琴艺术表演艺人，笔者的好朋友阮文寿先生弹唱。阮文寿先生在越北地区是享誉盛名的天琴艺人和仪式专家，经常在越南国家电视台露面，并且也经常受邀到中国广西的很多地方交流天琴艺术，例如广西艺术学院广西民族音乐博物馆、桂林遇见刘三姐剧场等。阮文寿先生说的是壮语中的龙州土语，并且保留了更多的传统词汇和表达方式，这让笔者在整理的过程中深感材料对于歌谣文化、音乐文学及语言研究的珍贵性，因此决定把这个材料整理呈现给大家。

NDIEP GAEN MBOUJ NDIEP GAEN
爱与不爱

采集地：越南谅山
演唱者：阮文寿
采录、译词：刘敬柳
记谱：凌 晨
制谱：岳子威

cib ngoenz genj ndaej ngoenz neix myaeg (ng)

bak (ngw) ngoenz (na) genj ndaej ngoenz neix ndei youq liuz hoh miz (ya) bang

youq liuz gya miz goeng (nga) ma ce laex vuen (na) sim

ma ce (ya) bang vuen heij nuengx namz (ma) hai bak dej an eiq (ya) saek (ngwi)

vamz hai (yw le) vamz dej an (na) sim saek iq (ya) bauj (a) mwz

daengz lai beix dem lai nuengx youx bengz lai cih dem lai em youx ndiep

ndiep (mw le) gaen cib ngoenz dangz nyaengz gyawj (a)

mbouj ndiep gaen ranz dawj ranz (na) nw doq nyaengz (nga) gyae

ndiep gaen (na) doengz bya naez gyang angq (nga) mbouj ndiep gaen (na na)

doengz gungq gangj gyang (nga) vaengz ndiep gaen raemx bingz bangq (ngw)

2

33
nyaengz (nga)loiz　　mbouj　ndiep gaen(nw nye) raemx loi　(ya) vaiz

35　　　　　　　　　　（过门）
nyaengz (nga) vaenj　　　　ndiep (mw le) gaen doengz　go (a)

38
sung seiq gveiq (ya) mbouj　ndiep (me)gaen baenz(nw ne) bongj beij bae

40　　　　　（过门）
(ya)ndwi　　　　ndiep gaen (nw)raemx do　(a) saeng mbouj

43　　　　　　　　　　　　　　　　　（过门）
lot (da)mbouj ndiep gaen (na)raemx　do cenj ndok nyangz (nga le) danh

46
ndiep gaen (na) raemx do (a) saeng　mbouj langq (nga) mbouj ndiep (mw) gaen raemx

48　　　　　　　　（过门）
do angq nyaengz (nga) lae　　ndiep gaen gaiq giuz (a) mae nyaengz

51
(nga)ndaej (ya)　　mbouj ndiep (mw) gaen gaiq giuz faex raek　(ng)gyang

6. NDIEP NUENGX
爱你

传唱：阮文寿/男，越南谅山人，自称"艮傣（vunz daez［kən² tai²］）"，亦自称"艮土（vunz doj［kən² tho³］）"或"艮僚（vunz raeuz［kən² lau²］）"
记译：刘敬柳
记谱：韦庆炳
流传地区：越南谅山、中国广西龙州等地
采集时间：2018年1月19日、10月10日
采集地点：越南谅山、中国广西南宁

❖ 双语歌词及音标

(ti⁰ hə⁰ ti⁰ hə⁰ əi⁰ jə⁰) (na⁰)
(di hw di hw wi yw) (na)

diep⁹ nɔŋ⁴ (hə⁰) an¹ siŋ² (ŋa⁰) diep⁹ dai³ ɬi² (ja⁰ ti⁰ lə⁰)
ndiep nuengx(hw) aen cingz(nga) ndiep ndaej raez (ya di lw)
爱　　妹　　　　个　情　　　　爱　　得　　长

(ŋa⁰) ɬim¹ ŋɔ⁶ (a⁰) tsiŋ⁵ diep⁹ doi³ ɬim¹(lo⁰) ni⁶ (neʔ⁰)
(nga) sim ngoh (a) cingq ndiep ndij sim (lo) nih (ne)
　　心　我　　才　　爱　和　心　　　你

(ŋa⁰) nai⁶ ŋɔ⁶ ta:n¹ ɬan¹(na⁰) te³ diep⁹ dai³
(nga) neix ngoh dan saen (na) dej ndiep ndaej
　　这　我　单　身　　将　爱　得

(ŋa⁰) la:u¹ nɔŋ⁴ (hə⁰) pen² ɬɔŋ¹ (ŋa⁰) tsa:ŋ³ mi⁵ (lə⁰) i¹(neʔ⁰)
(nga) lau nuengx (hw) baenz song (nga) gangj miq (lw) ei (ne)
　　怕　妹　　成　双　　　讲　不　　　依

(ŋa⁰) ɬim¹ nɔŋ⁴ (ŋa⁰) ȵaŋ² dai³ toŋ² (ŋa⁰) ɬim¹ kɔ⁵
(nga) sim nuengx (nga) nyaengz ndaej doengz (nga) sim go
心 妹 还 得 同 心 哥

(ŋa⁰) tsiŋ⁵ diep⁹ an¹ siŋ² dai³ mɔi⁴ (ə⁰) ɬi² (neʔ⁰)
(nga) cingq ndiep aen cingz ndaej moix (w) seiz (ne)
才 爱 个 情 得 每 时

(ŋa⁰) la:u¹ nɔŋ⁴ (ŋɯ⁰) pa:k⁹ tsa:ŋ³ ɬim¹ (ma⁰) mi⁵ ɬi³
(nga) lau nuengx (ngw) bak gangj sim (ma) miq sij
怕 妹 嘴 讲 心 不 舍

(ŋa⁰) kɔi² ŋɔ⁶ kən² khɔ³ mi⁵ toŋ² (lo⁰) ni⁶ (jəʔ⁰)
(nga) ngoiz ngoh vunz hoj miq doengz (lo) nih (yw)
看 我 人 苦 不 同 你

◆ 衬词位置

O
XXOXXOXXXO
OXXOXXXXOXO
OXXXXOXXX
OXXOXXOXXOXO
OXXOXXXOXX
OXXXXXXOXO
OXXOXXXOXX
OXXXXXXOXO

◆ 汉语句译

我对你的爱很绵长
我想和你心心相依
我今单身想去爱你
怕你已成双不愿意
若你的心和我一样
必将相爱每时每刻
就怕妹你口是心非
以为我穷配不上你

◆ 文化解析

　　这种类型的民歌壮语叫作"sei$[$ɬi^1/ɬei$^1]$"，即汉语本字的"诗"，它的押韵方式跟汉语诗歌的押韵方式一样，为脚韵，并且讲究平仄，说明汉语诗歌文学对壮族地区的民歌文化产生过深刻的影响，并且延续至今，经久不衰。至于"诗"在古代壮族内部形成、传播的原因，著名壮侗语学者廖汉波先生有其独到的研究，因此笔者在这里暂时不扩展，待有机会再进一步论述。

　　笔者在田野调查的过程中，得知在过去有俗语说"vunz daez vah sei rengx sam bi$[$kən^2 tai^2 wa^6 ɬi^1 leŋ^4 ɬa:m^1 pi$^1]$"，意思是"傣（壮）人唱诗旱三年"，这句俗语很有意思，因为现在唱"诗"的主要是壮族自称为"侬（noengz$[$nɔŋ^2/noŋ$^2]$）"的人，而壮族自称为"傣（daez$[$tai^2/thai^2/dɑ$^2]$）"的人过去是不唱"诗"的，只唱"伦（lwenx$[$luɯ:n^4/lə:n$^4]$）"。这句俗语是没有科学道理的，但笔者认为它极具研究历史文化的价值，恰恰反映了"诗"作为新鲜事物在古代壮族地区中所经历的时代背景，以及与押脚腰韵的"伦"等传统民歌之间的角力，看似是歌谣文化、音乐文化的竞争，其实反映的是整个社会和民族内部集团利害关系的竞争，因为"诗"的文学形式在当时作为一种外来文化，即汉族地区传入的文化，在壮族地区被壮族土司等上层统治者带头推行，这标志着"文化渗透"，所以自然会受到集团内部一定的抗争，尤其是中越两国的壮族在宋朝以后对各自的国家认同不断清晰，因此，越南境内依旧自称为"傣"的壮族就会极力突出自己的身份地位，认为自称为"侬"的壮族唱的押脚韵的"诗"是外来文化，是一种放弃传统和根性的行为，就会用"咒语"式的语言来表明态度和划定界线。同时，对中国的壮族及近两百年来才从中国广西迁到越南的壮族侬人来说，它们加强对"诗"的认同，其实反映的是对国家的认同，即对以汉文化为主体文化的中国的认同。笔者认为"诗"不仅是一个文学现象、音乐现象，更深层次的是一个文化认同、族群认同和国家认同的问题，反映的是汉壮民族文化交往史及社会交往史中剪不断的千丝万缕的关系，它是一个"标志"，是一个"符号"，因此非常值得持续性地跟踪调查和深入研究。

今天"傣"人不唱"诗"，"侬"人不唱"伦"的格局早已被打破，人们更多的是从文化传承和音乐审美的角度去对待它们，自称为"傣"的青年民歌手阿寿兄弟就是以实实在在的行动和真诚炽热的心传承着千百年来古老的曲调，不论过去它有什么样的界线，如今在心中，它们都无比珍贵。

这首"诗"每句唱词有 7 个字，押尾韵，表达的是一个男子对女子的爱慕，试探性地询问女子对自己的意思。在情歌演唱中，表达的内容虚虚实实，耐人寻味，需要我们仔细琢磨才能领会。

NDIEP NUENGX

爱 你

采集地点：越南谅山
演唱者：阮文寿
采录、译词：刘敬柳
记谱：韦庆炳
制谱：谦谦音乐

7. CIEN GEIZ NAQ CAENGX ROX NAQ LAE
留下或流走

传唱：黄越平／男，越南谅山人，自称"艮傣（vunz daez［kən² tai²］）"，亦自称"艮土（vunz doj［kən² tho³］）"或"艮僚（vunz raeuz［kən² lau²］）"

记译：刘敬柳

记谱：南宁的天

流传地区：越南谅山

采集时间：2018 年 1 月 20 日、10 月 15 日

采集地点：越南河内、中国广西南宁

❖ 双语歌词及音标

that⁸	kam²	ka⁴	duəi³ (ja⁰)	ba:n⁶	ta:ŋ²	kwɐi¹ (əi⁰)
daed	gaemz	hax	ndij (ya)	banx	dangz	gyae (wi)
放	句	告诉	和（呀）	朋友	路	远（诶）

bɔ⁵	tien¹	nam⁴	zaŋ⁴	rɯ⁴	nam⁴	lai¹
mboq	sien	raemx	caengx	rox	raemx	lae
泉	仙	水	静	或	水	流

bɔ⁵	tien¹	nam⁴	zaŋ⁴	ka⁴	phi⁶	tsak⁷ (ŋ⁰)
mboq	sien	raemx	caengx	hax	beix	caek (ng)
泉	仙	水	静	告诉	兄	知道（嗯）

sien¹ (na⁰)	ki² (hiʔ⁰)	na⁵	zaŋ⁴	rɯ⁴	na⁵	lai¹
cien (na)	geiz (hi)	naq	caengx	rox	naq	lae
千（哪）	祈（嘻）	不	静	或	不	流

❖ 衬词位置

XXXXOXXXO

XXXXXXX

XXXXXXXO

XOXOXXXXX

❖ 汉语句译

和远方的你说句心里话

请问仙泉的水要留下还是流走

仙泉的水若是留下就请告诉我

千万不要又不留下又不流走啊

❖ 词语解析

daed［that⁸］：〈动词〉放，置；编造。

gaemz［kam²］：〈量词〉口（饭），支（烟），块（石头），股（纱），句（话）；〈名词〉词，话，语言。

hax［ka⁴］：〈动词〉告诉，说，唱，各地方言有［ka⁴］［ja⁴］等变体。

ndij［duəi³］：〈连词〉和，跟，与；〈介词〉随着，沿着，顺着。

banx［ba:n⁶］：〈名词〉同伴，朋友；〈动词〉陪伴，陪同。

dangz［ta:ŋ²］：〈名词〉路。

mboq sien［bɔ⁵ tien¹］：〈名词〉仙泉。因为"仙（sien）"字从原语中借入，所以按原语发音为［tien¹］。

caengx［zaŋ⁴］：〈形容词〉安静，不好动。

caek［tsak⁷］：〈动词〉懂得，知道，晓得。

cien geiz［sien¹ ki²］：〈副词〉千祈，千万，万万，切切，务必，无论如何，不管怎样。

naq［na⁵］：〈副词〉不，别。

◆ 文化解析

这首歌的演唱形式，当地壮语称为"伦（lwenx［luɯ:n⁴］）"，本歌所采用的曲调比较低沉、忧伤，当地壮语把这种忧伤的曲调称为"伦伤（lwenx sieng［luɯ:n⁴ łuɯ:ŋ¹］）"，其中"伦"意思为"歌"，"伤"意思为"伤心""想念"，因此"伦伤"的意思就是"思念歌""伤情歌"。

笔者在采访传唱人——越南谅山省民歌传承协会副主席、广西艺术学院留学生、笔者的好友——黄越平，向越平君请教的时候，曾经问道："这个歌的曲调有些哀伤，能不能把它唱得更高一些，并且这个歌的歌词比较简短，能不能再多增加一部分，或者调整成男女对唱的形式？"越平君说不可以，因为"伦伤"表达的是一种忧思、忧伤，甚至悲痛的情绪，并且很多时候唱歌的场合是在室内，它和在户外广阔场地唱的曲调高亢的"吟诗（nyaemz sei［ȵam²łi¹］）"歌唱形式不一样。这首歌表现的是一个男子喜欢一个女子，但是却猜不透女子的真实心思而让自己陷入进退两难的心境。他的心情是复杂的，是纠结的，他是一个人在叩问自己的心，因此这个时候不会出现对唱的场景。

这首歌的歌词，男子把自己钟爱的女子比喻成"远方的友人"，把对方设定成一个情感比较疏远的对象，这样便能相对轻松地表达出自己内心爱慕对方的复杂情感来。同时，男子把自己心仪的女子比喻为"仙泉"，纯洁而美丽，可见男子对女子爱慕之深刻。另外，女子对男子的心思，到底是喜欢，还是不喜欢，男子猜不透，很纠结，于是便巧妙地将其比喻成"仙泉流出的水"，"泉水"若是流到他身边停下来那么就说明女子也喜欢男子，"泉水"若往前流走那么就是女子对男子没有意思。男子真切地想要知道清澈的"泉水"潺潺流淌出来，来到男子身边是要停下来，还是要继续往前流走，"远方的朋友"能给他一个答案。男子衷心地希望清澈的"泉水"流到他的身边能停下来，若是如此的话，那么就请告诉他一声，而不是让他猜测"泉水"到底是要流走还是要留下，也就是自己心爱的女子到底喜欢不喜欢自己。

这首歌为男子唱出，自然表达的是男子的心声。若是由女子唱出，当然也可以表达女子的心情。

CIEN GEIZ NAQ CAENGX ROX NAQ LAE

留下或流走

采集地点：越南琼山
演唱者：黄越平
采录、译词：刘敬柳
记谱：南宁的天
制谱：谦谦音乐

daed gaemz hax ndij (ya) banx dangz gyae (wi)

mboq sien raemx caengx rox raemx lae mboq sien raemx caengx hax beix

caek(ng) cien (na)geiz (hi) naq caengx rox naq lae

8. BYAEK RAENG YOUQ GYANG NAZ
什么菜长在水田里

传唱：黄越平／男，越南谅山人，自称"艮僚（vunz daez［kən² tai²］）"，亦自称"艮土（vunz doj［kən² tho³］）"或"艮僚（vunz raeuz［kən² lau³］）"

记译：刘敬柳

记谱：南宁的天

流传地区：越南高平，中国广西那坡、云南富宁等地

采集日期：2018 年 1 月 18 日、10 月 20 日

采集地点：越南高平、中国广西南宁

❖ 双语歌词及音标

ba:u⁵

Mbauq:

男：

(ləi⁰   na:ŋ²   a⁰   ləi⁰   əi⁰)

(lwi   nangz   a   lwi   wi)

(嘞   娘子   啊   嘞   诶)

phjak⁷   laŋ¹   zu⁵   kan²   khwai³ (əi⁰)   la:i² (a⁰)   baɯ¹

byaek   raeng   youq   haenz   rij   (wi)   raiz   (a)   mbaw

菜   什么   在   埂   溪   纹   叶

phjak⁷(a)   laŋ¹(a⁰)   zu⁵   tsa:ŋ¹(li⁰)   na²(le⁰)   kan²   na²

byaek(a)   raeng(a)   youq   gyang(li)   naz(le)   haenz   naz

菜   什么   在   中   田   埂   田

(ɬai⁵   nɔŋ⁴   əi⁰)

(saeq   nuengx   wi)

(小   妹   诶)

(na:ŋ² a⁰ nɔŋ⁴)

(nangz a nuengx)

(娘子 啊 妹)

θa:u¹

Sau:

女：

(ləi⁰ na:ŋ² a⁰ ləi⁰ əi⁰)

(lwi nangz a lwi wi)

(嘞 娘子 啊 嘞 诶)

phjak⁷ kut⁷ zu⁵ kan² khwai³(əi⁰) la:i²(a⁰) baɯ¹

byaek gut youq haenz rij (wi) raiz(a) mbaw

菜 蕨 在 埂 溪 纹 叶

phjak⁷(a) tsam¹(a⁰) zu⁵ tsa:ŋ¹(li⁰) na²(le⁰) kan² na²

byaek(a) caem(a) youq gyang(li) naz(le) haenz naz

菜 浮莲 在 中 田 埂 田

(ɬai⁵ nɔŋ⁴ əi⁰)

(saeq nuengx wi)

(小 妹 诶)

(na:ŋ² a⁰ nɔŋ⁴)

(nangz a nuengx)

(娘子 啊 妹)

❖ 衬词位置

男:
O
XXXXXOXOX
XOXOXXOXOXX
O
O
女:
O
XXXXXO
XOXOXXOXOXX
O
O

❖ 汉语句译

男:
（娘子啊）
什么菜长在溪水边
叶面长着美丽的纹路
什么菜长在水田里
长在那靠近姑娘你的田里
（娘子啊）姑娘你哟
女:
（娘子啊）
蕨菜长在溪水边
叶面长着美丽的纹路
水浮莲长在水田里
长在那靠近姑娘我的田里
（娘子啊）姑娘我哟

❖ 词语解析

nangz［naːŋ²］：〈名词〉表示对女性的尊称，根据不同的场合可表示为娘子、妇人、女士、小姐等；嫂子。

raeng［laŋ¹］：〈名词〉什么。

haenz［kan²］：〈动词〉堤，岸，埂。

byaek gut［phjak⁷ kut⁷］：〈名词〉蕨菜。

byaek caem［phjak⁷ tsam¹］：〈名词〉水浮莲，多年生草本植物，浮生在水面上，可做猪饲料。

❖ 文化解析

这首歌的歌词很精短，由男女对唱构成，每段只有两个小分句。演唱所使用的形式，当地壮语称为 "lwenx〔luːn⁴〕"，即中国壮族音乐或文学资料里常音译作的 "伦"，越南文常音译作 "lượn"。

这种曲调最大的特点就是以 "lwi nangz a lw wi〔ləi⁰ naːŋ² a⁰ ləi⁰ əi⁰〕"，即 "嘞囊啊嘞诶" 作为起始衬句，"囊（nangz〔naːŋ²〕）" 的本意是娘子、妇人、女士或小姐等，是对女性的尊称，在这首歌所使用的曲调中，和其他语气词搭配起来，形成了固定的衬句，因此这种曲调常被称为 "囊诶" 调。"囊诶" 调具体能唱多高，因人而异，笔者在越南高平省看到一些民间歌手，音域很高，因此唱出来的旋律让人如痴如醉。

这首歌属于探情歌，运用比喻的手法，试探对方的心意。第一句男子以 "长在溪水边有着美好纹路的某种植物" 表达了对女子花容月貌的赞美，第二句则进一步试探女子的心意，把自己也比喻成某种植物，试问女子 "哪种菜才能长在靠近女子的田里"，也就是试问 "谁才能靠近女子" "谁才能走进女子的芳心"。女子很大方地回答了男子的问题，她用常生长在溪水边、崖石旁的 "蕨菜" 来回谢男子的赞美，然后用常生长在水田里的 "水浮莲" 来比喻可以走进自己芳心的那个男子。水田即女子，浮莲即男子，浮莲与水田的相依相伴、相辅相生比喻爱情的美好与美妙。女子的对答透露出了她友善的情意和聪颖的智慧，让爱情通过朴实的语言和平凡的事物拥有浪漫的色彩和美好的情愫。

BYAEK RAENG YOUQ GYANG NAZ

什么菜长在水田里

采集地：越南高平
演唱者：黄越平
采录、译词：刘敬柳
记谱：南宁的天
制谱：谦谦音乐

9. DAI GAJ BOH DOH MBOUJ HAI RUZ
(Gim Lungz)
只因船夫不开船（金龙调）

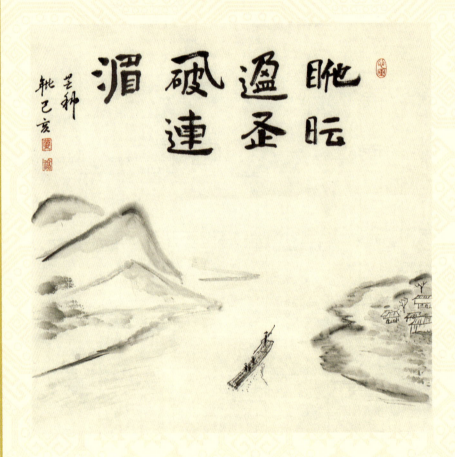

传唱：李向荣 / 男，广西龙州人，自称"傣（daez［tai²］）"，随其外婆家亦自称"侬（noengz［noŋ²］）"，还自称"土（doj［tho³］）"或"僚（raeuz［lau²］）"

记译：刘敬柳

记谱：凌晨

流传地区：中国广西龙州、越南谅山等地

采集日期：2018 年 11 月 25 日

采集地点：广西龙州

❖ 双语歌词及音标

(ʔɛm¹ həi⁰ ʔɛm¹ həi⁰)

(em hwi em hwi)

（妹 嘿 妹 嘿）

(m⁰) kha⁴ nɔŋ⁴   ma:n⁶ mɯ² (əi⁰) tɕau⁶ (a⁰) ma:n⁶ (na⁰) mɯ²

(m) hax nuengx menh mwz (wi) couh (a) menh (na) mwz

      告诉 妹   慢   回   就   慢   回

tha¹ wan² ȵaŋ² ʔju⁵ pha³ (əi⁰ ja⁰) li:n² (na⁰) mɯ² (a⁰)

da ngoenz nyaengz youq fwj (wi ya) lienz (na) mwz (a)

眼   日   还   在   云   连   回

tha¹ wan² ȵaŋ² ʔju⁵ (əi⁰) ɬa:m¹ (ma⁰) tɕu⁵ (a⁰) ɬa:u³

da ngoenz nyaengz youq (wi) sam (ma) cuq (a) saux

眼   日   还   在   三   段   竿

ɕau⁵ nɔŋ⁴   (ŋa⁰) la:u¹ ʔdam¹ (əi⁰ ja⁰) ko⁵ ɬuŋ⁵ (ŋa⁰) mɯ² (a⁰)

caeuq nuengx (nga) lau ndaem (wi ya) go soengq (nga) mwz (a)

若   妹   怕   黑   哥   送   回

łuŋ⁵ khau³ tu¹ na³ la:u¹ khəi¹ ʔda⁵ (əi⁰ ja⁰)
soengq haeuj dou naj lau gwiz ndaq (wi ya)
送 进 门 前 怕 婿 骂

łuŋ⁵ khau³ (a⁰) tu¹ łaŋ¹ ni¹ ha:k⁷ (ka⁰) mɯ² (a⁰)
soengq haeuj (a) dou laeng nih gag (ga) mwz (a)
送 进 门 后 你 自 回

ji⁴ ko³ khəi¹ tɕa¹ tha:m¹ (əi⁰) maɯ² (a⁰) tɕa:ŋ³ (ŋa⁰)
yiz goj gwiz gya cam (wi) mwngz (a) gangj (nga)
如果 婿 家 问 你 讲

tha:i¹ kha³ pho⁶ (a⁰) tho⁶ ʔbo⁵ khai¹ (əi⁰) lɯ² (a⁰)
dai gaj boh (a) doh mbouj hai (wi) ruz (a)
死 杀 男 渡 不 开 船

(həi⁰ ʔɛm¹ həi⁰)
(hwi em hwi)
(嘿 妹 嘿)

❖ 衬词位置

O

OXXXXOXOXOX

XXXXXOXOXO

XXXXOXOXOX

XXOXXOXXOXO

XXXXXXXO

XXOXXXXOXO

XXXXXOXOXO

XXXOXXXOXO

O

❖ 汉语句译

（妹嘿妹嘿）

我想跟你说希望你慢些回去

太阳高在云霄你却急着回去

太阳现在还高在三尺竿头上

若是你怕黑的话我送你回去

送你到前门我怕被你男人骂

送你到后门你就自己回去吧

如果你家男人他问你你就说

回来这么晚只因船夫不开船

（嘿妹嘿）

❖ 词语解析

em［ʔɛm¹］：〈名词〉妹妹，京语借词。

hax［kha⁴］：〈动词〉告诉，说。

mwz［mɯ²］：〈动词〉回。

lienz［li:n²］：〈副词〉连忙，赶忙，急着。

caeuq［ɕau⁵］：〈连词〉和，如果。

dai gaj［tha:i¹ kha³］：俚语，即杀死，该死的。

boh doh［pho⁶ tho⁶］：〈名词〉船夫。

❖ 文化解析

在广西龙州县金龙镇（gim lungz［kim¹ luːŋ²］）的壮族主要有两种调子的山歌，一种是壮族傣人（boh daez［pho⁶ thai²］）所唱的"伦（lwenx［lɯːn⁴］）"，另一种是壮族侬人（boh noengz［pho⁶ noŋ²］）所唱的"诗（sei［ɬi¹］）"。壮族傣人和傣族、泰族及黎族等自称相同，在当地，壮族傣人俗称为"vunz swj raez［khən² ɬɯ³ ɬi²］"，即"长衣人"的意思；侬人俗称为"vunz swj dinj［khən² ɬɯ³ tin³］"，即"短衣人"的意思，这只是从服饰的特征上去进行族群的区分，没有本质上的差别。

金龙山歌，流行的区域主要是中国广西龙州县北部的金龙、逐卜、武德、响水等地。这种曲调所演唱的民歌，分为三句式和长篇两种类型。后生可畏的金龙本地年轻歌手李向荣所演唱的属于长篇的形式。三句式指的是曲中的每个乐段均由三个乐句构成。金龙地区流行的"诗"在广西崇左市江州区、大新县均有传唱。

金龙，越南的壮族称之为"hangq lueng［haːŋ⁵ luːŋ¹］"，即"大的街镇"的意思。越南境内与中国广西龙州交界的下琅县，金龙的壮族称之为"doengh cou［thoŋ⁶ tɕu¹］"，即"冻州"的意思。冻州是一个古州名，据《龙州县志》记载，宋初复置羁縻龙州，羁縻冻州，属广南路左江道。元朝时将羁縻冻州分为上峒和下峒两个土州，至正二十年（1360 年）合称为上下冻州，归龙州万户府承审，仍属太平路。到了明朝洪武二年（1369 年）废龙州万户府，复称龙州，上下冻州遵循旧制，属广西布政司左江道太平府。民国十六年（1927 年）并入龙州县。清朝顾祖禹《读史方舆纪要·广西·太平天府》也写道："上下冻州，本西源农洞地，宋置冻州，隶太平寨。元分上冻、下冻二州，隶太平路，旋合为一州，隶龙州万户府。明初仍曰上下冻州，属太平府。"通过对一个古地名的探究，可见中越两国边境地区壮族人民历史、文化关系的错综复杂，这也就说明了为什么龙州地区壮族民歌会有京族民歌的影子，语言和歌词中会有一定比例的京语词汇，例如金龙调起首和结尾所使用的"em［ʔɛm¹］"或"eng［ʔɛŋ¹］"，即京语"妹"和"哥"的意思。

"em［ʔɛm¹］"是男歌手对女子的爱称，若是女歌手，则改唱"eng［ʔɛŋ¹］"，以此称呼男子。金龙调一般为夜间对歌时演唱，形式多为双人或者多人齐唱，调子悠扬，音域较宽，洪亮动听，别有一番风味。

DAI GAJ BOH DOH MBOUJ HAI RUZ (Gim Lungz)
只因船夫不开船（金龙调）

采集地点：广西龙州
演唱者：李向荣
译词、采录：刘敬柳
记谱：凌　晨
制谱：谦谦音乐

自由节拍

(em hwi　　　　　em hwi)

(m) hax nuengx menh　mwz (wi) couh (a) menh (na) mwz

da　ngoenz nyaengz youq fwj　(wi)　ya) lienz (na) mwz (a)

da ngoenz　nyaengz youq (wi)　sam (ma) cuq (a) saux

caeuq nuengx (nga) lau ndaem (wi) ya) go soengq(nga) mwz (a)

soengq　haeuj　dou　naj　lau　gwiz ndaq　(wi)　ya)

soengq haeuj(a)dou laeng nih gag (ga) mwz (a)　yiz goj gwiz gya cam (wi) mwngz (a) gangj (nga)

dai gaj boh　(a) doh mbouj hai　(wi)　ruz　(a) (hwi em hwi)

10. DAI GAJ BOH DOH MBOUJ HAI RUZ
(Noengz Cou)
只因船夫不开船（侬州调）

传唱：黄越平／男，越南谅山人，自称"昆傣（vunz daez［kən² tai²］）"，亦自称"昆土（vunz doj［kən² tho³］）"或"昆僚（vunz raeuz［kən² lau²］）"
记译：刘敬柳
记谱：凌晨
流传地区：越南谅山
采集日期：2018 年 1 月 18 日、10 月 20 日
采集地点：越南谅山、中国广西南宁

❖ 双语歌词及音标

ka⁴	nɔŋ⁴ʔ	ma:n⁶	mɯ²ʔ	tɕau⁶	ma:n⁶	mɯ²ʔ
hax	nuengx	menh	mwz	couh	menh	mwz
告诉	妹	慢	回	就	慢	回

ha¹	wan²ʔ	ȵaŋ²	ʔju⁵ (a⁰)	pha³	li:n²	mɯ²...
da	ngoenz	nyaengz	youq (a)	fwj	lienz	mwz
眼	日	还	在	云	连	回

ha¹	wan²ʔ	ȵaŋ²	ʔju⁵ʔ	ła:m¹	tɕu⁵	ła:u³ʔ
da	ngoenz	nyaengz	youq	sam	cuq	saux
眼	日	还	在	三	段	竿

ɕau⁵	nɔŋ⁴ʔ	la:u¹	ʔdam¹ʔ	ko⁵	łuŋ⁵	mɯ²...
caeuq	nuengx	lau	ndaem	go	soengq	mwz
若	妹	怕	黑	哥	送	回

łuŋ⁵	khau³ʔ	tu¹	na³ʔ	la:u¹	khəi¹	ʔda⁵ʔ
soengq	haeuj	dou	naj	lau	gwiz	ndaq
送	进	门	前	怕	婿	骂

łuŋ⁵	khau³	(a⁰)	tu¹	łaŋ¹ʔ	ni¹	ha:k⁷	mɯ²...
soengq	haeuj	(a)	dou	laeng	nih	gag	mwz
送	进		门	后	你	自	回

ji⁴	ko³ʔ	khəi¹	tɕa¹ʔ	tha:m¹	maɯ²	tɕa:ŋ³
yiz	goj	gwiz	gya	cam	mwngz	gangj
如	果	婿	家	问	你	讲

ha:i¹	kha³	pho⁶	tho⁶	ʔbo⁵	khai¹	lɯ²...
dai	gaj	boh	doh	mbouj	hai	ruz
死	杀	男	渡	不	开	船

❖ 衬词位置

❖ 汉语句译

XXXXXXX	我想跟你说希望你慢些回去
XXXXOXXX	太阳高在云霄你却急着回去
XXXXXXX	太阳现在还高在三尺竿头上
XXXXXXX	若是你怕黑的话我送你回去
XXXXXXX	送你到前门我怕被你男人骂
XXOXXXXX	送你到后门你就自己回去吧
XXXXXXX	如果你家男人他问你你就说
XXXXXXX	回来这么晚只因船夫不开船

❖ 紧喉音、颤喉音和尾音延长格式

X X̲ʔ X X̲ʔ X X X̲ʔ

XX̲ʔ X X̲ʔ X X X...

❖ 词语解析

hax［kha⁴］：〈动词〉告诉，说。

mwz［muɯ²］：〈动词〉回。

lienz［liːn²］：〈副词〉连忙，赶忙，急着。

caeuq［ɕau⁵］：〈连词〉和；如果。

dai gaj［thaːi¹ kha³］：俚语，即杀死，该死的。

boh doh［pho⁶ tho⁶］：〈名词〉船夫。

❖ 文化解析

这首歌是黄越平利用"侬州"人的调，根据李向荣的词进行演唱的。关于"侬州"人的情况，在李向荣用龙州金龙调演唱的同名歌中笔者已经进行了阐述。

这首歌的衬词不复杂，几乎没有衬词，但是用腔却很复杂，很有特点，主要是运用颤喉音和喉塞音两种音，表现出来的音色和旋律十分动听。笔者运用国际音标的符号"ʔ"来表示紧喉音，用下画波浪线"◟◞"来表示颤喉音，用"..."来表示尾音延长，其中紧喉音和颤喉音是伴随现象，不是分开的。这首七言偶数多句民歌，每两句作为一个小段，奇数句的第2、第4、第7个字均用颤喉音和紧喉音来唱，偶数句的第2、第4个字也用颤喉音和紧喉音来唱，只是第7个字改为延长尾音，总结起来就是唱句中的偶数字必用颤喉音和紧喉音来唱，尾字则视奇偶句情况分别用颤喉音和紧喉音及延长尾音来唱。另外，在偶数句中本该出现颤喉音、紧喉音的地方若是不出现的话，则改用一个以［a］元音为韵母的衬词来代替。

黄越平（以下简称"黄"）和李向荣（以下简称"李"）演唱所使用的壮语都属于壮语南部方言左江土语，但是黄的口音和李的口音有一定的语音区别，这些区别是有严谨的对应规律的，但并不影响他俩的实际口语交流。譬如在偶数调的情况下，以 [k] [t] [p] 辅音作为声母的字，黄都不变，而李全读作相对应的送气音 [kh] [th] [ph]，例如"告诉""船夫"，黄分别读作 [ka⁴] [po⁶ to⁶]，而李则读作 [kha⁴] [pho⁶ tho⁶]。这个问题很重要，对语言细节上的信息进行科学缜密的研究后，可以成为探究地方群体迁徙源的一个重要佐证，从而为探索各地民歌之间的关系提供重要的参考依据。

DAI GAJ BOH DOH MBOUJ HAI RUZ (Noengz Cou)
只因船夫不开船（侬州调）

采集地点：越南谅山
演唱者：黄越平
译词、采录：刘敬柳
记谱：凌　晨
制谱：谦谦音乐

11. DAENGZ LAJ GOEK GO REUX
(Naz Haij Moq)
木棉树下（新那海嘹）

传唱：李春建/男，广西平果人，自称"布土（boux doj［pou⁴to³］）"；
梁柄麒/男，广西平果人，自称"布土（boux doj［pou⁴to³］）"
记译：刘敬柳
流传地区：广西平果
采集日期：2018 年 10 月 20 日
采集地点：广西平果

◆ 双语歌词及音标

$taŋ^2$	la^3	$(ə^0 hə^0 hi^0)$	kok^7	ko^1	leu^4
daengz	laj	(w hw hw)	goek	go	reux
到	下面		根	棵	木棉

$(ha^0 leu^0)$	$ka:ŋ^3$	$ʔbəu^4$	(ha^0)	leu^4	$ʔbəu^4$	$çe^1$	(leu^0)
(ha le heu)	gangj	mbouj	(ha)	liux(he)	mbouj	ce	(leu)
	讲	不		完	不	放过	

$(i^0 i^0)$	$taŋ^2$	la^3	kok^7	ko^1	ke^1
(hi)	daengz	laj	goek	go	ge
	到	下面	根	棵	松树

$(ha^0 leu^0)$	$ʔbəu^4$	$çe^1$	(ha^0)	$mɯŋ^2$	$jəu^4$	noi^4	(leu^0)
(ha le heu)	mbouj	ce	(ha)	mwngz(he)	youx	noix	(leu)
	不	放过		你	友	小	

◆ 衬词位置

XXOXXX

OXXOXXXO

OXXXXX

OXXOXXXO

◆ 汉语句译

咱俩到木棉树下

谈不完不放你走

咱俩到青松树下

不放恋人你离开

◆ 词语解析

ce［ɕe¹］：〈动词〉留，留着；丢失，遗失；扔掉，丢掉；让。

noix［noi⁴］：〈形容词〉少；小。

youx noix［jəu⁴ noi⁴］：〈名词〉恋人，情人。

◆ 文化解析

新那海嘹是在原有那海嘹，即老那海嘹的基础上对曲调进行规整后形成的，其节拍更整齐，演唱的自由度与老那海嘹相比更自由。

因为被规整过，所以与老那海嘹相比较，新那海嘹在衬词位置上也有少许区别。老那海嘹在倒数偶数句的倒数第3个字后都会有衬词"he"出现，而新那海嘹中该处均不出现衬词。另外，第三句开头的衬词"hi"会换成"i i"来唱。

新那海嘹是对原有民间调子的改良，是传统文化发展自我调整的一个缩影。

12. DAENGZ LAJ GOEK GO REUX

(Naz Haij Gaeuq)

木棉树下（老那海嘹）

传唱：李春建／男，广西平果人，自称"布土（boux doj［pou⁴
to³］）"；梁柄麒／男，广西平果人，自称"布土（boux doj［pou⁴
to³］）"

记译：刘敬柳

记谱：韦庆炳

流传地区：广西平果

采集时间：2018 年 10 月 20 日

采集地点：广西平果

❖ 双语歌词及音标

taŋ²	la³ (ə⁰ hə⁰ hə⁰)	kok⁷	ko¹	leu⁴		
daengz	laj (w hw hw)	goek	go	reux		
到	下面	根	棵	木棉		

(ha⁰ le⁰ heu⁰)	ka:ŋ³	ʔbəu⁴ (ha⁰)	leu⁴ (he⁰)	ʔbəu⁴	çe¹ (leu⁰)
(ha le heu)	gangj	mbouj (ha)	liux (he)	mbouj	ce (leu)
	讲	不	完	不	放过

(hi⁰)	taŋ²	la³	kok⁷	ko¹	ke¹
(hi)	daengz	laj	goek	go	ge
	到	下面	根	棵	松树

(ha⁰ le⁰ heu⁰)	ʔbəu⁴	çe¹ (ha⁰)	mɯŋ² (hə⁰)	jəu⁴	noi⁴ (leu⁰)
(ha le heu)	mbouj	ce (ha)	mwngz (he)	youx	noix (leu)
	不	放过	你	友	小

❖ 衬词位置

XXOXXX

OXXOXOXXO

OXXXXX

OXXOXOXXO

❖ 汉语句译

咱俩到木棉树下

谈不完不放你走

咱俩到青松树下

不放恋人你离开

❖ 词语解析

ce［ɕe¹］：〈动词〉留，留着；丢失，遗失；扔掉，丢掉；让。

noix［noi⁴］：〈形容词〉少；小。

youx noix［jəu⁴ noi⁴］：〈名词〉恋人，情人。

❖ 文化解析

  这首歌所唱的曲调在民间称为"那海嘹"，也称为"老那海嘹"，因其主要流行在广西平果县海城乡而得名。"海城"这个地名，壮语称为"naz haij［na² ha:i³］"，"naz"意为"水田"，"haij"意为"海"，合起来意为"像海一样宽阔的田地"。之所以被称为"老那海嘹"是因为与之相对的还有"新那海嘹"。笔者请教传唱者李春建先生后得知，"老那海嘹"是指民间原有的曲调，"新那海嘹"是在民间原有曲调的基础上进行规范、规整节拍后的调子，"新那海嘹"的曲调比"老那海嘹"的更自由一些，但没有"老那海嘹"

的技巧丰富。

"那海嘹"属于嘹歌体系中的一种调子。嘹歌壮语叫作"fwen leuz〔fɯːn¹ leu²〕",主要流行在广西右江中游北岸、红水河中游南岸的平果、田东、马山、大化和武鸣等地的壮族地区,属于双声部民歌。根据不同的角度来观察,嘹歌可分为不同的种类,如根据曲调来分,有"哈嘹""斯格嘹""迪格嘹""长嘹"和"那海嘹"等;根据唱歌时间习惯来分,可分为"日歌(fwen ngoenz〔fɯːn¹ ŋon²〕)"和"夜歌(fwen haemh〔fɯːn¹ ham⁶〕)"两大类;根据其功能来分,可分为"三月歌(fwen sam nyied〔fɯːn¹ θaːm¹ n̠iːt⁸〕)""日歌(fwen ngoenz〔fɯːn¹ ŋon²〕)""路歌(fwen loh〔fɯːn¹ lo⁶〕)""房歌(fwen ranz〔fɯːn¹ ɹaːn²〕)"和"贼歌(fwen caeg〔fɯːn¹ tɕak⁸〕)"等。要注意的是,"贼歌"里的"贼"不能简单地对应现代汉语意义里的"盗贼""小偷",而是"兵乱""兵荒""出征"和"打仗"等的意思。

在民间,嘹歌有歌书传承,使用方块壮字书写。但是值得一提的现象是,这些歌本抄写的都是"男歌",而没有"女歌"。在对歌时,由其中一位男歌手手持歌本,两位男歌手一边看着歌本一边唱,而女歌手则是根据男歌手所唱的内容进行答唱,但他们所唱的歌词基本上都是固定的,世代相传,少有更变。笔者认为歌书只有"男歌"的现象,似乎跟文字的掌握者和使用者有关,即过去文字更多地由男性使用。

对于"fwen leuz"这个名称的含义,民间和专家都给予了许多解释,诸如因衬词"leu"而得名,因"leu"意为"玩耍"而得名,因"leu"意为"流传"而得名,或因"leu"意为"僚人"而得名,等等。在这些众说纷纭的理解中,笔者更倾向于因衬词而得名,因为在民间,在壮族社会中,使用衬词来为曲调命名的现象很普遍,例如南路壮剧叫作"唱呀嗨"，富宁有"吩呃诶""吩喂啊咧"，南宁有"吩嘹啰"等。当然意为"流传"和意为"玩耍"也是有可能的。但是因"僚人"而得名的解释就需要更严谨的考证了，因为"僚"的汉字音，今音古音有别。今音"liao"（汉语拼音）似"leu"，但古音呢？不探究清楚是不能够轻易作为材料使用的。另外"僚人"之意壮语大概为"咱们""我们"，其音为"raeuz〔ɣau²〕"的各种变体，其韵若是高化为〔eu〕甚至〔iu〕也不是不可能，假若在它不高化前，衬词韵母为〔au〕时，在歌词整体框架下，所唱出来的感觉和所体现出来的情感色彩会是什么样子的呢？这又让我们不禁要对人类、对声音情感的普遍认识和音乐的审美性做思考了。

一是因为研究一个文化现象的根源性应该从语言本身出发，不能光看其共时现象，同时还要探究其历时现象，也就是要用共时和历时的视角与知识结合起来去分析，这个时候历史语言学、语音学、音系学、壮语方言学、古汉语知识就显得很重要了；二是要利用交叉学科的综合性知识来探索，光是有语言学的佐证还不能够完全说明问题，同时还要有历史、民俗、音乐和文学等知识的相关佐证才能进一步说明问题；三是从音乐本身说明，使用"leu"这个衬词，其韵母部分"eu"在歌唱实践活动中会对音高、音域等方面起到什么作用，或者说在特定的曲调中为什么使用韵母为"eu"的衬词，它能起到什么样的听觉审美效果，体现出什么样的感情来，这个事情也需要我们对音韵、音系和音乐美学有总体把握才能做一定的思考；四是要从音乐文学的歌词结构中去探究，衬词在歌词中是有相对固定的位置的，某个衬词的出现不仅影响声音的旋律、节拍，而且有衬托含义或者突出情感的作用，因此有的时候不应该脱离歌词的整体性去讨论单个词的含义。

笔者在这里只提出自己的想法，不去做绝对的定义，希望今后能够在更严谨的交叉学科的背景下把一些人文问题探究得更有根据性和可信性。

在学界中，近年来对嘹歌的研究最为著名的是农敏坚、罗汉田、黄国观和莫掩策等学者。农敏坚先生对嘹歌进行了大规模、毯式的收集整理，出版和积累了数量可观的文本资料。罗汉田教授从民族文学角度对嘹歌进行了整理，为后人研究嘹歌奠定了文学基础。黄国观老师是广西著名的名副其实的嘹歌传承人，研究嘹歌几乎不能绕开他。莫掩策先生则从音乐本体的角度对嘹歌进行了观察和与时俱进的实践，为人们传承嘹歌文化扩展了视野。

这首那海调演唱的情歌，歌词结构为五言四句，押脚腰韵，旋律上没有引子，第一句既定调又定韵，在偶数句的开头都会以衬词"ha leu"起首，末尾都以"leu"结束，但在演唱的实际过程中"ha leu"中的"leu"因为音程原因有可能切断成两个音节，即变成"le heu"，所以"ha leu"听起来会是"ha le heu"的感觉。

这首情歌的歌词无论是男是女都可以唱，其内涵能让人感觉到爱情的热烈和稍稍透露出来的霸气，似乎已让人深刻地体会到歌者对爱情的向往已经欲罢不能，对爱人的热恋已经不可收拾。

DAENGZ LAJ GOEK GO REUX（Naz Haij Gaeuq）
木棉树下（老那海嗉）

采集地点：广西平果
演唱者：李春建、梁柄麒
采录、译词：刘敬柳
记谱：韦庆炳
制谱：谦谦音乐

自由地

daengz laj (w hw hw) goek go reux

(ha le heu) gangj mbouj (ha) liux (he) mbouj

ce (leu) (hi) daengz laj goek go ge (ha le

heu) mbouj ce (ha) mwngz (he) youx noix (leu)

13. RUMZ BAE REIH BAE NAZ
清风过田野

传唱：李春建 / 男，广西平果人，自称"布土（boux doj［pou⁴to³］）"；
梁柄麒 / 男，广西平果人，自称"布土（boux doj［pou⁴to³］）"
记译：刘敬柳
记谱：韦庆炳
流传地区：广西平果
采集时间：2018 年 10 月 20 日
采集地点：广西平果

◆ 双语歌词及音标

(he⁰ hə⁰ he⁰)	ɹum²	liːŋ²	taŋ²	wi⁶	wak⁷	(ʔa⁰/ka⁰ leu⁰)
(he hw he)	rumz	liengz	daengz	vih	vaek	(a leu)
	风	凉	到	徐	徐	

ɹum²	liːŋ²	taŋ²	wi⁶	wak⁷	(ti⁰)
rumz	liengz	daengz	vih	vaek	(di)
风	凉	到	徐	徐	

ɹum²	pak⁷	taŋ²	(a⁰ θɯ⁰ ko⁰)	fei⁶	(le⁰)	fei⁶	(le⁰ θɯ⁰ ko⁰ e⁰ leu⁰)
rumz	baek	daengz	(a sw go)	feih	(le)	feih	(le sw go e leu)
风	北	到		习		习	

ɹum²	pai¹	lei⁶	pai¹	na²	(ni⁰)
rumz	bae	reih	bae	naz	(ni)
风	去	旱地	去	水田	

ɹum²	pai¹	ɹa¹	(θɯ⁰ ko⁰)	ju⁴	(le⁰)	noi⁴	(le⁰ θɯ⁰ ko⁰ e⁰ leu⁰)
rumz	bae	ra	(sw go)	youx	(le)	noix	(le sw go e leu)
风	去	找		友		小	

壮族经典情歌 \ FWEN MBAUQ SAU BOUXCUENGH

◆ 衬词位置

OXXXXXO

XXXXXO

XXXOXOXO

XXXXXO

XXXOXOXO

◆ 汉语句译

清风徐徐到

清风徐徐到

北风习习吹

风吹过田地

风去找恋人

◆ 文化解析

　　演唱这首嘹歌的曲调叫作"斯格嘹"，因每个乐段中都反复出现衬词"斯格（sw go［$\theta\mathrm{w}^0$ ko^0］）"而得名，其实"斯格嘹"的正名，壮语叫作"fwen ruz［$\mathrm{fw{:}n}^1$ $\mathrm{ɹu}^2$］"，音译为"欢栌"，"欢"是"歌"的意思，"栌"是"船"的意思，合起来就是"船歌"的意思。传统意义上，歌词中凡是涉及舟船、河川、渡河等内容的嘹歌都使用"斯格嘹"这个曲调来唱，因此可以说它是嘹歌中演唱船歌的专用调。

　　"斯格嘹"主要流行在广西平果县的太平、城关、果化、坡造等乡镇。如今随着嘹歌文化的传播、开发，嘹歌逐渐走出原产地，走向各地，其曲调的约定性规则和固定性功能也与时俱进发生了一些变化，如笔者记译的这首情歌并未出现舟船和渡河等内容，本不应使用"斯格嘹"来演唱的，但是随着时代的发展，年轻歌手们会对传统规则进行一定的调整，即年轻歌手们更注重对整体性的传承和音乐审美的追求，不再刻板拘泥于一成不变的规则，这是文化发展、音乐发展出现的客观现象，笔者不做任何带感情色彩，即或褒或贬的评价，而是对其尊重并加以研究。

总之，在传统文化中，"斯格嘹"是嘹歌中专门演唱船歌的曲调。在男女对唱的过程中，若是歌词中出现了有关舟船、河川和渡河等内容，男女歌手们就会自行由其他曲调转用"斯格嘹"来演唱，这是它原有的功能性。

这首情歌为五言四句体，押脚腰韵，每两句为一小段，每小段各一个韵，起首用单声部唱第一句歌词作为引子，然后从第一句开始用双声部演唱。关于衬词，除去引子外，奇数句中衬词落在最后一个字后，使用"ni"或其变体，偶数句中第3个字、第4个字、第5个字后均会出现衬词，分别为"a sw go""le""le sw go e leu"。第4句第3个字后的衬词"sw go"实为"a sw go"，因其前一个音节"ra"的韵母同为"a"，在歌唱实践中前后音节韵母合并，因此听起来衬词似乎只有"sw go"两个音节。

这首歌借用风儿的去向生动地描述了男女青年内心对爱情的美好期盼，让人感觉爱情就好似清风拂过身旁一般怡人、清爽，让人回味无穷。

演唱这首歌及《木棉树下》的是嘹歌后起之秀李春建和他的搭档梁柄麒。笔者和春建认识近十年，当初夜以继日一起学习民歌、收集民歌和改编民歌的岁月还历历在目，他和他过去的搭档——壮族民歌青年学者周祖练对嘹歌的热爱、赤诚一直感染着笔者和朋友们。白驹过隙，如今春建和祖练都已为人夫、为人父了，但是他们依旧坚守在壮族民歌传承的阵营里，如春建不仅和妻子结成夫妻档，还组建了自己的嘹歌队，并且实实在在地把语言和民歌传承给自己的孩子，避免了搞民族文化"己所不欲，勿施于人"的尴尬。在此感谢春建和柄麒兄在嘹歌文化上对笔者的指教。

RUMZ BAE REIH BAE NAZ

清风过田野

采集地点：广西平果
演唱者：李春建、梁柄麒
采录、译词：刘敬柳
记谱：韦庆炳
制谱：谦谦音乐

14. SEI REIH SEI NAZ
靖西上下甲山歌

传唱：李朝伟／男，广西靖西人，自称"艮央（vunz yang［kən²
ʔjaːŋ¹］）"，亦自称"艮土（vunz doj［kən² tho³］）"
记译：刘敬柳
记谱：韦庆炳
流传地区：广西靖西等地
采集时间：2018 年 10 月 8 日
采集地点：广西南宁

❖ 上甲山歌双语歌词及音标

(a⁰ haːi¹)	haːi¹	ʔju⁵	(noːk⁷)	ni¹	fa⁴	puːn⁴	(na⁰)	ʔdaːu¹	ʔdei⁵
(a hai)	hai	youq	(nok)	nw	fax	buenx	(na)	ndau	ndeiq
	月亮	在		上面	天	伴		星	星

θoːŋ¹	rau²	tsən²	ʔei⁵	(noːk⁷)	kjaːu¹	kwa⁵	taːi²
song	raeuz	cingz	eiq	(nok)	gyau	gvaq	daih
两	咱	情	意		交	过	世代

❖ 衬词位置

OXXOXXXOXXX
XXXXOXXX

❖ 汉语句译

月亮在天上陪伴着星星
我俩的感情一辈子相依

❖ 下甲山歌双语歌词及音标

(he⁰)	pja:k⁸	pei¹	(he⁰)	my⁶	roi²	(ə⁰)	dei³	then¹	moi⁵
(he)	byag	bae	(he)	mwh	lawz	(w)	ndaej	raen	moq
	分别	去		时	哪		得	见	新

(he⁰)	khen¹	ɬi³	pu²	khoi⁵	(ə⁰)	wei⁶	nɛm⁴	tha¹
(he)	gen	swj	buz	hawq	(w)	veih	raemx	da
	臂	衣	不	干		为	水	眼

❖ 衬词位置

OXXOXXOXXX

OXXXXOXXX

❖ 汉语句译

这一别不知何时再相会

衣袖从没干过只因泪水

❖ 文化解析

　　上甲山歌和下甲山歌都属于二声部民歌。上甲山歌，当地壮语称为"诗那（sei naz［ɬei¹ na²］）"，意思为"水田歌"，因其主要流行在靖西市周边及其东南部的水田耕作区而得名。演唱时，男女每组各两人，一人唱高声部，一人唱低声部，以重唱形式构成对唱。歌词韵律为七言诗，两句为一段，段数不定，押尾韵，讲究韵字的平仄。这类民歌通常在农闲时、晚上聚会和传统歌圩中演唱。

　　下甲山歌，当地壮语称为"诗黎（sei reih［ɬei¹ rei⁶］）"，意思是"旱地歌"，因其主要流行在靖西市西北部的旱作地区而得名，与其毗邻的那坡县的某些乡镇，以及云南省富宁县也有传唱。下甲山歌和上甲山歌一样，都是二声部民歌。

　　所谓"上甲""下甲"这类地名，在有的地方现指专有地名，而有的地方指泛区域，并不是说只有靖西市才有上甲、下甲的地名，而是很多地区都有，例如大新县宝圩乡板禄、板价两个村，在过去就称为上甲。要了解这种现象，笔者认为必须先弄清楚"甲"是什么意思。"甲"从保甲制度而来，保甲制度是中国封建王朝时代长期延续的一种社会统治手段，其最本质的特征就是以"户（家庭）"为社会组织的基本单位。保甲编组以户为单位，设户长；十户为甲，设甲长；十甲为保，设保长。保甲制度是宋朝便开始的带有军事管理性质的户籍管理制度，到了民国时期，成为南京国民政府县以下的基层行政组织制度。例如大新县政协委员会编写、覃菁著的《上甲史俗》一书就写道："民国二十二年（1933 年）废土州'化'制，改为'村甲'制，村以下称屯、甲，10 户为甲。那排村 13 甲，板禄村 12 甲，上思村 11 甲，板价村 10 甲，板统村 12 甲……"可见，"村甲"制度当时在地方上盛行，因此，如今在地方存在很多带"甲"的地名就不足为奇了，同时又以地理方位大概区分为"上甲"和"下甲"。

　　最后，笔者在这里要说明的是，这里收录的试唱范例只是一个声部，并且只是部分，并不能完全体现靖西上下甲山歌的全貌和魅力，进一步深入田野会有更大的收获。

SEI NAZ CINGH SAE

靖西下甲山歌

采集地点：广西南宁
演唱者：李朝伟
采录、译词：刘敬柳
记谱：韦庆炳
制谱：谦谦音乐

(he) byag bae (he) mwh lawz

(w) ndaej raen moq (he) gen swj

buz hawq (w) veih raemx da

15. SEIZ NGOENZ BUZ SANQ GVAQ BAENZ NAW
枉过一早上

传唱：李朝伟 / 男，广西靖西人，自称"昆央（vunz yang［kən² ʔjaːŋ¹］）"，亦自称"昆土（vunz doj［kən² tho³］）"

记译：刘敬柳

记谱：岳子威

流传地区：广西德保、靖西等地

采集日期：2018 年 10 月

采集地点：广西德保

❖ 双语歌词及音标

(m⁰)

(m)

phja¹	luːŋ¹	toŋ⁶	kwaːŋ³	nɐm⁴	ta⁶	ɬoi¹
bya	lueng	doengh	gvangq	raemx	dah	saw
山	大	田坝	宽	水	河	清

pɐt⁹	ɬe⁶	kok⁹	kja³	mei²	thɐn¹	roi²
bit	seh	goek	gyaj	meiz	raen	lawz
鸭	滤食	根	秧	不	见	何

(m⁰)

(m)

waːi²	nɔt⁸	jɐn²	na²	phon¹	phiu⁵	daːn⁵	(li⁰)
vaiz	nod	haenz	naz	fwn	biuq	ndanq	(li)
水牛	拱	埂	田	雨	飘	崖	

ɬei²	wan²	pu²	ɬaːn⁵	kwa⁵	pan²	noi¹
seiz	ngoenz	buz	sanq	gvaq	baenz	naw
时	日	不	散	过	成	早晨

❖ 衬词位置

O

XXXXXXX

XXXXXXX

O

XXXXXXXO

XXXXXXX

❖ 汉语句译

山大田宽水清澈

鸭滤禾根无收获

牛拱田埂雨飘崖

一日不散枉清晨

❖ 文化解析

　　这是一首德保北路山歌，在德保、靖西一带的壮族称唱山歌为"吟诗（nyaemz sei［n̯am² ɬei¹］）"，其中主要有"诗那（sei naz［ɬei¹ na²］）"和"诗黎（sei reih［ɬei¹ rei⁶］）"之分。"诗"即"歌"的意思，这主要源自上古时代"诗者，歌也"的古意，同时也是汉族诗歌文化和壮族歌谣文化交融后形成的产物。"那"是"水田"的意思，"黎"是"旱地"的意思，因此"诗那"的意思是"水田歌"，"诗黎"的意思是"旱地歌"。

　　过去，按照大体的地理方位来划分，主要把德保县的壮语民歌划为德保的北路山歌和南路山歌，它们都是二声部民歌。北路山歌大概对应的是"诗那"，南路山歌大概对应的是"诗黎"。北路山歌主要流行在德保县除龙光乡之外的所有乡镇，除此之外，在邻近地区例如田阳、靖西、那坡、崇左市江州区、田林、富宁和广南等地都有传唱，可见其范围之广，影响之大。德保北路山歌一般为集体合唱形式，一个歌组有 3 到 10 多个人不等，由一个人唱高声部，其余的人唱低声部，曲调雄浑、豪迈，气势恢宏，深得群众喜爱。

这首歌为七言四句式，押尾韵，歌者通过鸭子在禾苗根部滤食一无所获，淫雨霏霏终日不停清晨就白费了等比喻生动地表达了人生碌碌无为，没有收获爱情的悲苦。

德保北路山歌为二声部的合唱形式，传唱者李朝伟先生为笔者提供的只是其中一个声部，并且只是试唱版本，但我们能从中窥探到北部山歌的一些感觉。大家若是走进田野，走进德保壮族山歌的世界，必将有如听天籁的感受。

SEIZ NGOENZ BUZ SANQ GVAQ BAENZ NAW

枉过一早上

采集点：广西德保
演唱者：李朝伟
采录、译词：刘敬柳
记谱：岳子威
制谱：岳子威

16. NIEN NIH LAI
想念你

传唱：李朝伟／男，广西靖西人，自称"艮央（vunz yang［kən² ʔja:ŋ¹］）"，亦自称"艮土（vunz doj［kən² tho³］）"

记译：刘敬柳

记谱：南宁的天

流传地区：广西德保、靖西等地

采集日期：2018 年 10 月 8 日

采集地点：广西南宁

❖ **双语歌词及音标**

(ə⁰ ha⁰)

(w ha)

ni:n¹	ni⁶	la:i¹	(le⁰)	ni:n¹	ni⁶	la:i¹	(le⁰)
nien	nih	lai	(le)	nien	nih	lai	(le)
想	你	多		想	你	多	

ni:n¹	ni⁶	taŋ²	ka⁰	(le⁰)	lum²	pjau²	ŋa:i²	(ha⁰)
nien	nih	daengz	ga	(le)	lumz	caeuz	ngaiz	(ha)
想	你	以	至于		忘	晚饭	午饭	

(ə⁰ ha⁰)

(w ha)

ni:n¹	ni⁶	thɐn¹	pɐt⁹	le³	ja⁴	kɐi⁵	(le⁰)
nien	nih	raen	bit	lej	hax	gaeq	(le)
想	你	见	鸭	却	说	鸡	

ni:n¹	ni⁶	thɐn¹	mo²	le³	(le⁰)	ja⁴	wa:i²	(ha⁰)
nien	nih	raen	moz	lej	(le)	hax	vaiz	(ha)
想	你	见	黄牛	却		说	水牛	

(pja:k⁸	pei¹	my⁶	roi²	dɐi³	then¹	moi⁵
(byag	bae	mwh	lawz	ndaej	raen	moq
（分别	去	时	哪	得	见	新

khen¹	ɬi³	pu³	khoi⁵	wei⁶	nɐm⁴	tha¹)
gen	swj	buj	hawq	veih	raemx	da)
臂	衣	不	干	为	水	眼）

❖ 衬词位置

O

XXXOXXXO

XXXXOXXXO

O

XXXXXXXO

XXXXXOXXO

❖ 汉语句译

实在是想念你

想你想到饭都忘了吃

想你哟，见到了鸡却以为是鸭子

想你哟，见到黄牛却以为是水牛

（分别之后我们何时才能再见面？

我的衣袖从未干过，只因那想你的

泪水）

◈ 词语解析

nien［ni:n¹］：〈动词〉想念，思念。

nih［ni⁶］：〈代词〉你，德保、靖西土语和左江土语常用，借自汉语的"你"，与"mwngz（你）"在感情色彩上有一定的区别。

daengz ga［taŋ² ka⁰］：〈连词〉以至于。

lej［le³］：〈连词〉却，"lej"的词性和词义很丰富，在这里表示转折。

hax［ja⁴］：〈动词〉告诉，说，唱。

moz［mo²］：〈名词〉黄牛。

mwh lawz［my⁶ roi²］：〈名词〉何时，什么时候。

swj［ɬi³］：〈名词〉衣服。

veih［wei⁶］：〈连词〉因为。

◈ 文化解析

这首歌采集于广西德保县，使用的是德保南路山歌调演唱。德保南路山歌主要流传在中国广西德保县南部地区的龙光、荣华、燕峒等乡镇和邻近的天等、大新、靖西、田东等地，以及越南的高平省。这首歌属于二声部民歌，以两人为一个歌组，曲调高亢嘹亮，歌词为七言二句式，四句为一首，押尾韵，自由变韵，其风格特点是用假声唱接近高腔，穿透力十足。

这首歌的歌词朴实生动，歌中描述的场景和事物在生活中随处可见，但是当它们编织在一起的时候却巧妙、深切地表达了歌者对爱情的无限向往和对情人或追求对象的倾心迷恋。"见到了鸡却以为是鸭子""见到黄牛却以为是水牛"描绘出了一幅歌者思念爱人早已魂不守舍、坐立不安的生动画面。

　　传唱者李朝伟只唱了一个声部，并且只是试唱版本，因此要体验完美的德保南路山歌，应该走进南路山歌的世界，充分感受它与天地浑然一体的魅力。李朝伟先生是著名壮族母语诗人、词作者，笔者和熟知他的朋友们都亲切地称他为"哦伟（oq veij）"，即"阿伟兄"的意思。我和"哦伟"认识应该是 2008 年的事情，那时候在广西平果县著名嘹歌传承人黄国观老师的家中第一次见到他，以后便结下了我们收集、研究壮族民歌的不解之缘。

NIEN NIH LAI
想 念 你

采集地：广西德保
演唱者：李朝伟
采录、译词：刘敬柳
记谱：南宁的天
制谱：谦谦音乐

(w ha)　　　　nien nih lai (le) nien nih lai (le)

nien nih daengz ga (le)　　　　lumz caeuz

ngaiz　　(ha)　　　　(w ha)

nien nih raen bit lej hax gaeq (le) nien nih raen moz lej

(le) hax　　vaiz　　(ha)

17. NYOMH RAEN SAU GVAQ BAE
遇见

传唱：李向荣 / 男，广西龙州人，自称"傣（daez［tai²］）"，随其外婆家亦自称"侬（noengz［noŋ²］）"，还自称"土（doj［tho³］）"或"僚（raeuz［lau²］）"

记译：刘敬柳

记谱：韦庆炳

流传地区：广西德保、靖西、天等等地

采集日期：2018 年 11 月 25 日

采集地点：广西南宁

◆ 双语歌词及音标

(ha⁰ tiŋ⁰ tiŋ⁰ tiŋ⁰ tiŋ⁰ tiŋ⁰)
(ha ding ding ding ding ding)

ȵɔm⁶ (ma⁰) han¹ (ni⁰) ɬaːu¹ (ha⁰) kwa⁵ (li⁰) pai¹ (ja⁰)
nyomh (ma) raen (ni) sau (ha) gvaq (li) bae (ya)
看　　　见　　　姑娘　　　过　　　去

khaːm² saːi³ (ja⁰) ɬɔŋ¹ kaːm² mai² (lo⁰ nɔŋ⁴) ŋa⁰ la⁰)
gamz byaij (ya) song gamz maez (lo nuengx nga la)
步　走　　　两　步　迷

huːt⁷ (ta⁰) toŋ² (ŋa⁰) wai² (ja⁰) ɬop⁸ (pa⁰) ȵa³
huet (da) doengz (nga) vaiz (ya) roeb (ba) nywj
像　同　　　水牛　　　遇见　草

ʔbo⁶ ȵiːn⁶ (na⁰) pai¹ thi⁶ kwai¹ (lo⁰ nɔŋ⁴) ŋa⁰ la⁰)
mbouj nyienh (na) bae deih gyae (lo nuengx nga la)
不　愿　　　去　地　远

laːŋ²	(ŋa⁰)	han¹	(na⁰)	ɬaːu¹	(wa⁰)	phin²	(ha⁰)	nai³	(ja⁰)

laːŋ² (ŋa⁰) han¹ (na⁰) ɬaːu¹ (wa⁰) phin² (ha⁰) nai³ (ja⁰)
langz (nga) raen (na) sau (va) baenz (ha) neix (ya)
郎　　　见　　　姑娘　　　成　　　这

ʔa³ paːk⁷ (ka⁰) thuːŋ⁴ nɔŋ⁴ ɬai⁵ (lo⁰ nɔŋ⁴ ŋa⁰ la⁰)
aj bak (ga) dongx nuengx saeq (lo nuengx nga la)
开 嘴　　 招呼 妹 小

nam³ (ma⁰) ʔbit⁷ (ta⁰) ma:k⁷ (ka⁰) ma² (li⁰) kin¹ (na⁰)
naemj (ma) mbit (da) mak (ga) ma (li) gwn (na)
想　　　摘　　　果　　　来　　　吃

ʔbo⁶ ɬu⁴ (ha⁰) ʔdai³ ʔbo⁶ ʔdai³ (lo⁰ nɔŋ⁴ ŋa⁰ la⁰)
mbouj rox (ha) ndaej mbouj ndaej (lo nuengx nga la)
不 知 得 不 得

❖ 衬词位置

O

XOXOXOXOXO

XXOXXXXO

XOXOXOXOX

XXOXXXO

XOXOXOXOXO

XXOXXXO

XOXOXOXOXO

XXOXXXO

❖ 汉语句译

看见姑娘你走过去

我走一步迷恋两步

如同水牛遇到青草

不愿去到别的地方

我见你如此的漂亮

张口想跟你打招呼

我心想摘果子来吃

不知可不可以摘呢

❖ 文化解析

这首歌严格意义上说不属于情歌，但是它的题材确实涉及感情，这是因为歌者可以利用这种曲调来表达自己的情感。

这首歌所唱的曲调是一种仪式音乐的曲调，这种仪式壮语叫作"做末（haet moed［het^7/hit^7 mot^8］）"，主要流传在中国广西的德保、靖西和天等等地，以及越南北部，各地的曲调大体相同，但是都会因地因人而有一定的差别。"末（moed［mot^8］）"的意思是"巫"，即指民间消灾解难、祈福还愿等的活动或从事这些活动的仪式人员。男性仪式人员称为"波末（boh mo［po^6/pho^6 mot^8］）"，其中"波"是父亲、男性的意思；女性仪式人员称为"乜末（meh mo［me^6 mot^8］）"，其中"乜"是母亲、女性的意思。如今在民间从事仪式活动的人员大多为女性。"末"及其含义不仅保留在现代壮语中，也保留在傣语、泰语和老挝语等与壮语同源的语言中，这深刻地反映出壮傣语支各民族在过去有过高度一致的文化现象。但是在泰语北部方言和老挝语中，"末"一词除了有"巫"的意思，还有"医"的含义，例如泰语北部方言的四音节词"宾麼宾末（baenz mo baenz moed［pen^1 mo^1 pen^1 mot^8］）"，"baenz"意思是"成为""是"，整个四音节词的意思是"成为医生（药师）"，因为"巫医不分"是古代社会的一种现象，在上座部佛教文化深刻影响了泰、老族群的宗教文化后，"麼"和"末"的宗教地位逐渐削弱，其"医"的含义却得到了扩大，这些反映出了壮傣族群历史宗教文化的同源性，同时也反映出了它们分化发展后的差异性。

仪式音乐更多的是用来表达仪式中的各种程式或内容，但是它也可以表达一定的私人情感，例如这个曲调在民间仪式人员中就常被用来相互称赞、夸奖对方，或者相互消遣、解闷。随着社会的交融发展，年轻人给传统文化传承注入了新的活力，带来了新的生机，很多传统的界线开始变得模糊，很多文化的边界被打破了。因此，年轻人把传统意义的相互夸赞发展为更细腻地表达个人感情，这种现象是时代发展的生动写照，恰好说明了文化不是一成不变的，传统也不是死水一潭，而是永远向前滚动的车轮。

这首歌的格式为五言四句体，收录了两小段，共八句。押的是尾韵，运用比喻的修辞手法，巧妙、生动地表达了歌者的愿望，例如把自己对娇美女子的迷恋比喻为水牛遇上了青草而不愿意远行，把自己内心想和女子交往但却不知道是否会如愿比喻成自己是否能够摘到果子来吃……生动的语言体现了壮语民间音乐的智慧，反映了壮族人民质朴和浪漫的情愫，让人回味无穷。

NYOMH RAEN SAU GVAQ BAE
遇　见

采集地点：广西南宁
演唱者：李向荣
采录、译词：刘敬柳
记谱：韦庆炳
制谱：谦谦音乐

(ha ding ding　ding ding　ding)　nyomh (ma) raen (ni) sau (ha) gvaq (li)

bae　(ya) gamz　byaij (ya) song gamz　maez (lo　nuengx nga　la)

huet (da) doengz (nga) vaiz (ya) roeb (ba) nywj　mbouj　nyienh (na) bae deih

gyae (lo　nuengx nga　la)　langz (nga) raen (na)　sau (va) baenz (ha) neix　(ya)

aj　　bak (ga) dongx nuengx saeq (lo　nuengx nga　la)

1.naemj (ma) mbit (da) mak (ga) ma (li) gwn　(na) mbouj　rox (ha) ndaej mbouj
2.huet (da) doengz (nga) vaiz (ya) roeb (ba) nywj　mbouj　nyienh (na) bae deih

ndaej (lo　nuengx nga　la)　nyomh (ma) raen (ni) sau (ha) gvaq (li) bae　(ya)
gyae (lo　nuengx nga　la)　langz (nga) raen (na) sau (va) baenz (ha) neix　(ya)

gamz　byaij (ya) song　gamz　maez (lo　nuengx nga　ya)　naemj (ma) mbit (da)
aj　bak (ga) dongx nuengx　saeq (lo　nuengx nga　la)

mak (ga) ma (li) gwn　(na) mbouj　rox (ha) ndaej mbouj　ndaej (lo　nuengx nga　la)

18. OK LOH MA
出路歌

传唱：黄越平／男，越南谅山人，自称"艮傣（vunz daez［kən² tai²］）"，亦自称"艮土（vunz doj［kən² tho³］）"或"艮僚（vunz raeuz［kən² lau²］）"

记译：刘敬柳

流传地区：越南谅山、中国广西龙州等地

采集日期：2018 年 1 月 20 日、10 月 15 日

采集地点：越南河内、中国广西南宁

❖ 双语歌词及音标

nau¹	nai⁶	nau¹	dai¹	ɔk⁹	lɔ⁶	ma²
naw	neix	naw	ndei	ok	loh	ma
早上	这	早上	好	出	路	来

ma²	han¹	kɔ¹	ɬiek⁹	pien⁵	kɔ¹	wa¹
ma	raen	go	siek	bienq	go	va
来	看	棵	芦苇	变	棵	花

ma²	han¹	kɔ¹	wa¹	pien⁵	kɔ¹	ɬiek⁹
ma	raen	go	va	baenz	go	siek
来	看	棵	花	变	棵	芦苇

ɬɔŋ¹	mɯ²	pha:k⁸	ɬiek⁹	koi⁶	loŋ²	ma²
song	fwngz	bag	siek	hoih	roengz	ma
两	手	分开	芦苇	慢	下	来

ɬɔŋ¹	mɯ²	pha:k⁸	ɬiek⁹	loŋ²	ma²	dai³
song	mwngz	bag	siek	roengz	ma	ndaej
两	手	分开	芦苇	下	来	得

ma² han¹ tu¹ ɬe³ nɔŋ⁴ loŋ² ja²
ma raen dou sej nuengx roengz ywz
来 见 门 栅栏 妹 下 遮盖

ma² han¹ tu¹ ɬe³ nɔŋ⁴ loŋ² hap⁷
ma raen dou sej nuengx roengz haep
来 见 门 栅栏 妹 下 闭合

nɔŋ⁴ mi⁵ khai¹ tu¹ ɬɯ² khau³ ma²
nuengx miq hai dou lawz haeuj ma
妹 不 开 门 怎 进 来

tu¹ nɔŋ⁴ ti¹ hap⁷ wan² ti¹ hap⁷
dou nuengx di haep ngoenz di haep
门 妹 将 闭 天 将 闭

kja¹ min² ɬi¹ ɬa:n⁵ ki⁵ kən² ja¹
gya minz sei sanq gij vunz yw
家 它 凄 散 些 人 医

kja¹ min² ti ɬa:n⁵ kən² ja¹ jɔŋ⁵
gya minz di sanq vunz yw yongq
家 它 将 散 人 医 耸

khau³ ma² fa:n² i⁵ nam⁴ ɬa:u² kha¹
haeuj ma fanz eiq raemx sauz ga
进 来 烦 意 水 洗 脚

me⁶ mu⁵ dau¹ ɬə:n² dai¹ lə:ŋ² hi⁵
meh muq ndaw ranz ndei liengz heiq
妈 姆 内 家 好 善 良

min² tsiŋ⁵ khai¹ tu¹ lau² khau³ ma²
minz caengq hai dou raeuz haeuj ma
她 才 开 门 咱 进 来

khau³ ma² an¹ kha¹ ban⁵ lap⁸ ła:i⁵
haeuj ma aen ga mbaenq laeb swiq
进　来　个　脚　未曾　来得及　洗

nɔŋ⁴ ju⁵ wa¹ win² łi¹ ɔk⁹ ma²
nuengx youq va vienz sei ok ma
妹　在　花　园　歌　出　来

nɔŋ⁴ ju⁵ wa¹ win² ma² łi¹ ɕə:ŋ⁵
nuengx youq va vienz ma sei ciengq
妹　在　花　园　来　歌　唱

mi⁵ na³ au¹ laŋ¹ paŋ¹ nɔŋ⁴ a¹
miq naj aeu raeng baeng nuengx a
不　知　要　什么　赔　妹　啊

naɯ¹ nai⁶ naɯ¹ dai¹ ɔk⁹ lɔ⁶ ma²
naw neix naw ndei ok loh ma
早上　这　早上　好　出　路　来

ma² han¹ an¹ bɔ⁵ khɯn³ kan² na²
ma raen aen mboq hwnj haenz naz
来　见　个　泉　起　埂　田

ma² han¹ an¹ bɔ⁵ khɯn³ kan² ba:n³
ma raen aen mboq hwnj haenz mbanj
来　见　个　泉　起　埂　村

kom³ bəu³ loŋ² kin¹ wa:n¹ pi³ sa²
hoemj mbaeuj roengz gwn van beij caz
埋　头　下　吃　甜　比　茶

bo⁵	tsi¹	an¹	bɔ⁵	tu¹	naɯ²	kun³
mbouj	cei	aen	mboq	duz	lawz	guenj
不	知	个	泉	个	哪	管

ti¹	kin¹	la:u¹	ça⁵	tsuŋ³	maɯ²	kja¹
di	gwn	lau	caq	cungj	mwngz	gya
将	吃	怕	差错	种	你	家

naɯ¹	nai⁶	naɯ¹	dai¹	ɔk⁹	lo⁶	çə:ŋ⁵
naw	neix	naw	ndei	ok	loh	ciengq
早上	这	早上	好	出	路	唱

ma²	han¹	an¹	bɔ⁵	khɯn³	kan²	ɬə:n²
ma	raen	aen	mboq	hwnj	haenz	ranz
来	见	个	泉	起	埂	田

ma²	han¹	an¹	bɔ⁵	khɯn³	kan²	ba:n³
ma	raen	aen	mboq	hwnj	haenz	mbanj
来	见	个	泉	起	埂	村

kom³	bəu³	loŋ²	kin¹	wa:n¹	pi³	thəŋ¹
hoemj	mbaeuj	roengz	gwn	van	beij	diengz
埋	头	下	吃	甜	比	糖

tha:m¹	nɔŋ⁴	an¹	bɔ⁵	kən²	naɯ²	kun³
cam	nuengx	aen	mboq	vunz	lawz	guenj
问	妹	个	泉	人	哪	管

ti¹	kin¹	la:u¹	ça⁵	tsuŋ³	moi⁴	lɯ:n²
di	gwn	lau	caq	cungj	moix	ranz
将	吃	怕	差错	种	每	家

❖ 汉语句译

今早清爽出路来　　　　　妹在花园唱起歌
看见芦苇变成花　　　　　不知怎样把歌对
看见花儿变芦苇
拨开芦苇慢慢来　　　　　今早清爽出路来
拨开芦苇下得来　　　　　看见田埂有清泉
看见妹家外门闭　　　　　看到村口有山泉
看到妹屋大门关　　　　　低头尝了比茶香
妹不开门哥怎进　　　　　不知这是谁家泉
大门紧闭一天天　　　　　想吃就怕已有主
门口散裂谁来补
大门散架谁来修　　　　　今早清爽出路唱
进门讨瓢洗脚水　　　　　看见田埂有清泉
家中阿姆很善良　　　　　看到村口有山泉
于是开门让我进　　　　　低头尝了比糖甜
进屋脚还未曾洗　　　　　问妹这泉谁家管
妹在花园把歌唱　　　　　想吃就怕属人家

❖ 文化解析

　　这个曲调在越南主要是壮族"侬州 noengz Cu〔nɔŋ² tɕu¹〕"人，即祖籍在中国龙州的壮族"侬"人所唱。"侬"是自称，同时也自称为"土（doj〔tho³〕）"，即"土著""本地人"的意思，与被称为"客（hek〔khɛk⁷〕）"的汉族相对。"州"是地名，指的是龙州。"侬州"人越南文音译作"Nùng Cháo"。因为此曲跟越平兄唱的《只因船夫不开船》用的是同一个曲调，所以曲谱在这里就省略了。

这首歌的唱法当地壮语称为"唱诗（ciengq sei［tɕʰəːŋ⁵ ɬi¹］）"，为七言多句式，也就是说每句唱词有 7 个字，押尾韵，四句为一段，多段构成一首歌。因为这是男歌手唱的，所以歌词内容中使用的是称呼女性的人称词汇，例如"nuengx［nɔŋ⁴］"，意思是"妹"，表示对女子的尊称或爱称。若是女歌手唱则把"nuengx"改为"beix［pi⁶］""go［ko⁵］"或"sai［tsaːi²］"即可，它们的意思都是"兄""哥"，表示对男子的尊称或昵称。

这首歌属于初探歌，也就是最开始认识的时候相互问候、相互考量和相互询问所唱，当地壮语把这类题材的歌称为"出路歌（sei ok loh［ɬi¹ ɔk⁹ lo⁶］）"，意思是出到外面唱歌，是过去青年男女交往进行情歌交流不可少的歌种和步骤。

这首歌跟绝大多数壮族民歌一样使用了比喻的修辞手法来含蓄地表达歌者的内心活动和愿景，例如把心仪的女子比喻成清泉，把自己想和女子交往比喻成想喝一口清泉水，这些都是非常巧妙并且富有生活气息的表达，让人不仅能够感受到情感的细腻、含蓄、浪漫，还能感受到壮族传统民歌中音乐文学和审美情趣的特殊性。并且，这首民歌还透露出了过去壮族的很多生活习俗，例如进门要洗脚，从这一习俗便可以窥见过去的壮族人民非常注意居住卫生，尤其是居住在干栏式建筑中，进出屋子都是要脱鞋或洗脚的，如今这种习俗在中国的壮族地区已经很少能看到了，但是在越南的壮族地区，以及东南亚的傣、泰和老等族群中还是可以见得到的。

19. LWENX LAWH SING
换声歌

传唱：罗景超 / 男，广西那坡人，自称"央（yang［ʔjaːŋ¹］）"
记译：刘敬柳
流传地区：中国广西那坡、云南富宁，越南高平、河江等地
采集日期：2018 年 2 月 7 日、6 月 19 日
采集地点：广西那坡

◆ 双语歌词及音标

(na⁰ laːi⁰ na⁰ ŋa⁰ le⁰ nə⁰) ma² pei⁶ (le⁰) te³ ha⁴ (le⁰) noːŋ⁴ (ə⁰ i⁰)
(na lai na nga le nw)　　ma　beix (le) dej hax (le)　nuengx (w i)
　　　　　　　　　　　来　兄　　将　说　　　妹

θoːŋ¹ (ŋa⁰)　waːm²
song (nga)　vamz
两　　　　句

(le⁰) ma² (le⁰) ra² (lok⁰)　te³ ha⁴ (le⁰) naːŋ² (ŋa⁰)　θoːŋ¹ (le⁰)
(le) ma (le)　raz (loeg)　dej hax (le) nangz (nga)　song (le)
　来　我　　将　说　娘子　　两

khoːt⁷ (hon⁰ nə⁰ i⁰ naːŋ² ŋa⁰ no⁰)
hot　(hon nw i nangz nga no)
段

(na⁰ laːi⁰ na⁰ ŋa⁰ le⁰ nə⁰) θam¹ (pa⁰) θɯːŋ³ (li⁰) ʔau¹ hu³ (wa⁰)
(na lai　na　nga le nw)　sim　(ba) siengj (li) aeu huj (va)
　　　　　　　　　　　心　　想　　要　伙

kei⁵ (ne⁰ ə⁰ i⁰) loŋ² (ŋa⁰)　taːŋ¹
geiq (ne w i) roengz (nga) dang
计　　　下　　　当

(le⁰) θam¹ (ma⁰) θɯːŋ³ (ŋa⁰) ʔau¹ paːn¹ (lei⁰) toŋ² (lo⁰) loŋ² (le⁰)
(le) sim (ma) siengj (nga) aeu ban (lei) doengz (lo) roengz (le)
　　　心　　　想　　　　要班　　同　　　　下

laɯ⁶ (ne⁰ ə⁰ i⁰ naːŋ² ŋa⁰ no⁰)
lawh (ne w i nangz nga no)
换

(na⁰ laːi⁰ na⁰ ŋa⁰ le⁰ nə⁰) hu³ kei⁵ (lei⁰) pjam⁶ ʔdai³ (ja⁰) ʔdoːk⁷ (ne⁰ ə⁰ i⁰)
(na lai　na nga le nɯ) huj geiq (lei) caemh ndaej (ya) ndok (ne w i)
　　　　　　伙　计　　　共　　得　　　花

tɕou⁶ (a⁰) pan²
couh (a) baenz
就　　　成

(le⁰) paːn¹ (na⁰) toŋ²　(ŋa⁰) pjam⁶ ʔdai³ (lei⁰) wa¹ (le⁰) tɕou⁶ (a⁰)
(le) ban (na) doengz (nga) caemh ndaej (lei) va (le) couh (a)
　　　班　　同　　　共　　得　　　花　就

mai² (ne⁰ ə⁰ i⁰ naːŋ² ŋa⁰ no⁰)
maez (ne w i nangz nga no)
迷

(ŋ⁰ na⁰ laːi⁰ na⁰ ŋa⁰ le⁰ nə⁰) pei⁶ le³ (ə⁰) toi⁵ hu³ (wa⁰) kei⁵ (ne⁰ ə⁰ i⁰)
(ng na lai　na nga le nɯ) beix lej (w) doiq huj (va) geiq (ne w i)
　　　　　　　兄　就　对　伙　　计

ʔbo⁵ (a⁰)　pai¹
mbouj (a) bae
不　　　去

(le⁰) ra² (lo⁰) le³ (ja⁰) toi⁵ paːn¹ (lei⁰) toŋ²　(ŋa⁰) mi² (le⁰) ʔjou⁵
(le) raz (lo) lej (ya) doiq ban (lei)　doengz (nga) miq (le) youq
　　　我　　就　　对　班　　同　　　不　在

(ne^0 ə^0 i^0 na:ŋ^2 ŋa^0 no^0)

(ne w i nangz nga no)

(la^0 la:i^0 na^0 ŋa^0 le^0 nə^0 lei^0) ha^4 (lo^0) huɯn^4 (na^0) pei^6 (ne^0 ə^0 i^0) ko^5 (a^0) ʔei^1

(la lai na nga le nw lei) hax (lo) haenx (na) beix (ne w i) goj (a) ei

　　　　　　　　　　说　　那　　兄　　　也　　依

(le^0) θo:ŋ^1 (ŋa^0) ra^2 (le^0) łap^8 wa^1 lei^2 (lo^0) pai^1 (ja^0) na^3

(le) song (nga) raz (le) raeb va leiz (lo) bae (ya) naj

　　两　　我们　遇花梨　去　　前

(ne^0 ə^0 i^0 na:ŋ^2 ŋa^0 no^0)

(ne w i nangz nga no)

◆ 衬词位置　　　　　　◆ 汉语句译

OXXOXXOXOXOX　　　　　我给情妹唱两句

OXOXOXXOXOXOXO　　　　我给娘子唱两段

OXOXOXXOXOXOX　　　　心想伙伴来替换

OXOXOXXOXOXOXO　　　　心想朋友来轮替

OXXOXXOXOXOX　　　　　伙计同欢更开怀

OXOXOXXOXOXOXO　　　　朋友同乐更欢心

OXXOXXOXOXOX　　　　　我对不起老伙计

OXOXOXXOXOXOXO　　　　我对不起好朋友

OXOXOXOXOX　　　　　　这样我会依从你

OXOXOXXXOXOXO　　　　我俩继续唱下去

❖ 词语解析

hax〔ha⁴〕：〈动词〉告诉，说，唱。

vamz〔wa:m²〕：〈名词〉句子；〈量词〉句。

hot〔kho:t⁷〕：〈量词〉首，段。

huj geiq〔hu³ kei⁵〕：〈名词〉伙计，伙伴，朋友。

ban doengz〔pa:n¹ toŋ²〕：〈名词〉伙伴，同伴，朋友。

ndok〔ʔdo:k⁷〕：〈名词〉花，在此比喻对歌。

maez〔mai²〕：〈动词〉喜欢，着迷，迷恋；高兴，快乐。

va leiz〔wa¹ lei²〕：〈名词〉梨花，在此比喻歌伴及对歌。

❖ 文化解析

　　使用这种调子演唱的民歌，中国广西那坡县和越南高平省的壮族称之为"伦央（lwenx yang〔lɯ:n⁴ ʔja:ŋ¹〕）"，即"央人所唱的歌"，"央"是壮族、布依族的内部自称之一，在中国广西、云南、贵州等省（自治区），以及越南境内均有此自称的民族分布，这个自称恐与属于仡央语支的布央人在历史上相互接触和相互融合有关。"伦央"在音乐学界里，用汉语来定义称为"那坡高腔"或"那坡过山腔"，曲调高亢悠扬。

　　在字数和句数方面，其字数和句数不定，可长可短，视情况而定，但一般句子为单数字句，如5字、7字、9字等。在韵律方面，一般押脚腰韵，一首歌不是一韵到底，而是每两句押一韵，一首歌里出现多个韵。在修辞手法方面，它和其他地区的壮语民歌一样最常使用的是对偶和比喻两种手段，相衔接的前后两句所表达的意思是相同或相近的。在衬词方面，衬词极其丰富，贯穿整个歌唱活动，每两句为一个片段，奇数句用固定的"na lai na nga le nw"开头，偶数句用固定的"ne w i nangz（langz）nga no"结尾。其衬词中使用的人称是有讲究的，男子一般称女子为"nangz〔na:ŋ²〕（娘子）""nuengx〔no:ŋ⁴〕（妹）"等，女子一般称男子为"langz〔la:ŋ²〕（郎）""beix〔pei⁶〕（哥）"等，因此外人学习"伦央"的时候，一定要注意自己的性别而使用不同的衬词。

另外，在这里还要说明的是"伦央"在云南文山富宁县境内会被称为"吩央（fwen yang〔fɯ:n¹ ʔja:ŋ¹〕）"，"吩"也音译为"欢"，意思为"歌"，壮语北部方言和布依语人群常说。为什么同一种调子演唱的民歌因地域不同而有不同的名称呢？笔者在富宁做壮族民歌田野调查的时候，发现富宁县以壮语北部方言人群为主，即以自称为"布依"的人群为主，其语言和文化在县域境内属于相对强势的语言和文化，因此语言和文化相对处于弱势的壮族南部方言人群在与北部方言人群长期接触和交融，二者发生涵化后，处于相对强势的"吩"覆盖掉"伦"也就再正常不过了。

从内容上看，这是一首换声歌，壮语叫作"伦嘞声（lwenx lawh sing〔lɯ:n⁴ laɯ⁶ haŋ¹〕）"，"lawh"意为"换"，"sing"意为"声音"，是在对歌的过程中其中一方需要轮换同伴时所唱的。一方唱换声歌请求轮换同伴时，另一方有两种态度，一种是同意，另一种是不同意。同意或不同意都有传唱下来的唱词，笔者所记录的属于对方不同意更换同伴时所唱的部分。

这首歌是笔者在广西那坡采风的时候整理的。笔者第一次去那坡采风是十四五年前，那时候刚上大学，自己去了吞力屯寻找壮族"布民（boux minz）"人的民歌。最近两次到那坡采风是2018年2月5日至8日和6月18日至19日。2018年2月初笔者先在越南高平省重庆县调查越南壮剧（唱呀嗨），然后从茶岭县经中国靖西市龙邦口岸入关，再从靖西坐班车到达那坡县城，到达那坡已是深夜，因此次日才拜访到那坡县著名"伦央"传承人罗景超老师。之后协助南宁的天同学开展那坡民歌田野调查工作，包括做好歌词核对、音乐文化背景分析、歌唱程序记录、歌词结构和衬词规律分析等工作。同年6月笔者是经云南省文山市去的那坡，这次到那坡主要是做好核对罗景超老师的壮语音系工作，以便更准确地记录"伦央"的歌词。要研究"伦央"，罗景超老师可以说是这个领域里不可回避的人。在那坡的日子里，他既如师长般传道授业，又如兄长般热情相待，让笔者对"伦央"音乐文化有了更多的认识。如今每当当地有节日活动，他都会通知笔者参加，笔者每每想起都不胜感激。

20. SEIZ LAWZ RAZ NDAEJ RAZ
何时在一起

传唱：周凤芬 / 女，云南广南人，自称"布依（boux yaej［pu⁴ ʔjai⁴］）"

记译：刘敬柳

流传地区：云南文山富宁、广南等县

采集时间：2018 年 6 月 8 日

采集地点：云南广南

❖ 双语歌词及音标

$(o^0\ a^0\ ko^1\ a^0\ lə^0)$ ɕi² laɯ² $(ou^0\ a^0)$ ða² ʔdai³ ða² $(ko^1\ lo^0)$

(o a go a lw) seiz lawz (o a)　raz ndaej raz (go lo)

　　　　时　哪　　　　我们 得　我们

$(o^0\ ko^1\ a^0\ lə^0)$ na² la³ ɕam⁶ (a^0) mi⁶ $(jə^0)$ ðai⁵ $(jə^0\ lai^0\ jə^0\ ko^1\ a^0\ lo^0)$

(o go a le) naz laj　caemh (a)　mih (yw) raeq (yw lai yw go a lo)

　　　田　下面 也　　不　　耙

$(o^0\ pi^4\ ja^0\ lə^0)$ hau⁴ (a^0) tam¹ $(ə^0)$ tɕai⁵ (ja^0) ʔbo⁵　kɯn¹ $(nə^0\ ko^0\ a^0\ lo^0)$

(o beix ya lw) haeux (a) daem (w) gyaeq (ya) mbouj gwn (nw go a lo)

　　　米　　春　鸡　　不　　吃

(hi^0) hun² (na^0) ɕim¹ $(mə^0)$ hun² (na^0) kak⁸ $(kə^0)$ ʔim⁵ $(mə^0\ ti^2\ ə^0\ ða:i^4\ lo^0)$

(hi) vunz (na) cim (mw) vunz (na) gag (gw)　imq (mw diz w raix lo)

　人　　看　　人　　自　　饱

$(o^0\ ko^1\ a^0\ lə^0)$ hau⁴ $(ə^0)$ ʔbo⁵ (a^0) mi² (ja^0)　kɯn¹ $(ə^0)$ ðum² $(a^0\ wi^0\ a^0\ le^0)$

(o go a lw) haeux (w) mbouj (a) miz (ya) gwn (w) rumz (a vi a le)

　　　米　　不　　有　　吃　　风

(o⁰ ko¹ a⁰ lə⁰) fɯn² (na⁰) ʔbo⁵ mi² (ə⁰) ʔdaŋ³ (ŋa⁰) ðep⁸ (pə⁰ jə⁰ lai⁰ jə⁰ lo⁰)

(o go a lw) fwnz (na) mbouj miz (w) ndaengj (nga) reb (bw yw lai yw lo)

　　　　　　柴　　　不　有　烧　　　　谷壳

注：第四句的〔kak⁸ (kə⁰) ʔim⁵〕发生音变，歌唱的实际发音为〔kə-ə-im mə〕。

❖ 衬词位置

OXXOXXXO

OXXXOXOXO

OXOXOXOXXO

OXOXOXOXOXO

OXOXOXOXOXO

OXOXXOXOXO

❖ 汉语句译

何时咱们在一起

楼下田地不用犁

鸡蛋送饭不愿吃

面面相觑就会饱

没有饭吃可吃风

没有柴烧烧谷壳

❖ 词语解析

raz〔ða²〕：〈代词〉我们，咱们，我，自身，在生活口语中已基本不用，但在民歌中尤其是古歌中出现的频率很高，不同的语境会有不同的意思，现代壮语、布依语、傣语、老挝语和泰语均保留有这个词。

daem〔tam¹〕：〈动词〉舂，捣；（用菜）下饭，下酒；捅。

diz raix〔ti² ðaːi⁴〕：〈副词〉确实，的确。

ndaengj〔ʔdaŋ³〕：〈动词〉烧。

❖ 文化解析

这首民歌是笔者在云南文山广南县做田野调查的时候向当地"非遗"传承人、民歌传承人黄汉花请教所记，并且得到了周凤芬大姐的热情帮助，为笔者试唱了这首民歌。黄大姐和周大姐所说的壮语方言属壮语北部方言桂边土语，唱的民歌称为"欢（fwen〔wɯːn¹〕）"。

使用这类曲调演唱的民歌，当地壮语称为"欢喂啊咧（fwen vi a le〔fəːn¹ wi⁰ a⁰ le⁰〕）"，"fwen"是"歌"的意思，"vi a le"是衬词，因此这类民歌因衬词而得名，同时因为当地壮族多数自称为"布依"，所以这类民歌也直接被称为"欢依（fwen yaej〔fəːn¹ ʔjai⁴〕）"，即"壮人的歌""布依人的歌"的意思。但是我们需要注意的是这类叫法不具备真正区别曲调类型的功能，因为任何一类民歌在一个集团或社团内部都可以以集团或社团的名称命名以说明其归属。因此，"欢依"等类似的叫法要有广义和狭义两层认识，广义上可以指称所有自称为"布依"的壮族、布依族的民歌，狭义上则要基于所调查对象的文化背景，专指某一地方或某一类型的民歌，这些都是我们在做完田野调查后，整理调查报告或撰写文章时应该说明清楚的。

另外，因为这类曲调的民歌还流行在富宁县的花甲（vaiz gax）和广南县的八宝（bak mboq）等地区，所以汉语名称又称为"花甲山歌"或"八宝山歌"等。

"vi a le"是衬词，乐句或曲调均以此作为结束，笔者采录的就是在乐曲，即整首歌快要结束时才出现该衬词。"vi a le"在具体的歌唱实践中，因语流等原因也会有一定的变体，它不是绝对的一组音节组合，例如还会有"vi ha le""vi hai le"等变体。除此之外，在歌词中还会穿插各类丰富的衬词，但是基本上都有章可循。首先在开头处，男子和女子分别使用"o a go a vei［o⁰ a⁰ ko⁰ a⁰ wei⁰］（哦啊哥啊喂）"和"o a nuengx a vei［o⁰ a⁰ nu:ŋ⁴ a⁰ wei⁰］（哦啊侬啊喂）"来引唱，"go"是"哥"的意思，"nuengx"是"妹"的意思。但在实际歌唱活动中它们也会有一定的变体，例如女子的"o a go a vei"会替换末字音节唱作"o a go a lw［o⁰ a⁰ ko⁰ a⁰ lə⁰］（哦啊哥啊嘞）"或"o a beix a vei［o⁰ a⁰ pi⁴ a⁰ wei⁰］（哦啊比啊喂）"，抑或减少音节唱作"o go a lw［o⁰ ko⁰ a⁰ lə⁰］（哦哥啊嘞）"等，但是以"o"音节起首基本不变，且人称也不会使用混乱。其次在中间处，歌词句中的5个字几乎每个字后面都可以加衬词，以前低展唇元音"a［a］"和央元音或后次高展唇元音"w［ə/ɤ］"为韵母，可独立称为音节也可能受前一音节的韵尾影响而构成其他形式的音节，例如前一音节韵尾为"n［n］"的音节"gwn［kɯn¹］"，"a"或"w"受韵尾"n"的影响则变为"na"或"nw"。另外要说明的是，某一位置不绝对是"a"或"w"，要视歌者的具体情绪和用腔而定，可以说"a"的情绪要比"w"强烈。同时，视情形还会出现"diz raix［ti² ða:i⁴］（确实）""lwg fwx［lɯk⁸ fuɤ⁴］（别人）"等衬词。

当对歌男女双方还没谈成时，根据具体情形歌者会使用"lwg fwx"一词来称呼对方，若是谈成了则会使用"gou mwngz［ku¹ mɯŋ²］（我你）"来互相称呼。

"欢喂啊咧"歌词结构一般为五言多句结构，押脚腰韵，一歌多韵，即奇偶两句互押脚腰韵，并且每两句换一次新韵。其调式为五声音阶宫调式，在嗓音条件允许的情况下，男女双方都会使用假音来演唱，声音高亢嘹亮，穿透力极强，很有震撼力。

笔者采集的歌词表达的内容很是生动，歌者利用生活的情景强烈地表达了对对方爱恋的热烈，只要能够相爱，田地不耕种也罢，好饭菜不吃也罢，只要能够在一起，四目相对就会饱，日子过得再平淡也觉得甜蜜，这些内容反映了歌者对爱情质朴的愿景和美好的期待。

21. ROEG VUNZ LAWZ DAEUJ DOUH

鸟儿哪里来

传唱：韦仕辉／男，云南富宁人，自称"布侬（boux yaej［pu⁴ʔjai⁴］）"
记译：刘敬柳
流传地区：云南文山富宁、广南，广西百色那坡、西林等地
采集日期：2018 年 2 月 11 日、6 月 19 日
采集地点：云南富宁

❖ 双语歌词及音标

(ei⁰	nuːŋ⁴	a⁰	kaːu⁶	lum³	fɯə⁴	nau²	ni⁴)
(ei	nuengx	a	gauh	lumj	fwx	naeuz	neix)
(诶	妹	啊	像	别	人	说	这)

ŋon²	ni⁴	pi⁴	pɐi¹	toŋ⁶	ta⁶	tək⁷	tɕhi²
ngoenz	neix	beix	bae	doengh	dah	dwk	geiz
天	这	兄	去	平坝	河	打	棋

hɐn¹	θoːŋ¹	tu²	ðok⁸	wa¹	li²	hɐu³	ʔbaːn³
raen	song	duz	roeg	va	leiz	haeuj	mbanj
见	两	只	鸟	花	梨	进	村

ʔbaːn³	pi⁴	ʔbo⁵	mi²	ɣok⁸
mbanj	beix	mbouj	miz	roeg
村	兄	不	有	鸟

ðok⁸	xun²	lau²	tau³	tu⁶
roeg	vunz	lawz	daeuj	douh
鸟	人	哪	来	栖

ʔbaːn³	pi⁴	ʔbo⁵	mi²	waːi²
mbanj	beix	mbouj	miz	vaiz
村	兄	不	有	水牛

waːi²	xun²	lauɯ²	tau³	laːm⁶
vaiz	vunz	lawz	daeuj	lamh
水牛	人	哪	来	拴
laːm⁶	ʔɐn¹⁻⁶	tiŋ⁶	pi⁴	ʔbok⁷
lamh	aen	dingh	beix	mboek
拴	个	泥塘	兄	干涸
ʔjok⁷	ʔɐn¹⁻⁶	θɐm¹	pi⁴	luːn⁶
yoek	aen	sim	beix	luenh
捣	个	心	兄	乱
θɐm¹	pi⁴	luːn⁶	pɐn²	ju²
sim	beix	luenh	baenz	youz
心	兄	乱	成	油
θɐm¹	pi⁴	fu²	pɐn²	tʂwaːu⁵ (le⁰)
sim	beix	fouz	baenz	cauq (le)
心	兄	浮	成	浮柴
fu²	pɐn²	tʂua:u⁵	waːŋ⁶	ʔem¹
fouz	baenz	cauq	vangh	em
浮	成	浮柴	横放	马耳杆草
θai³	ʂaɯ¹	wen¹	ðoːŋ²	to⁵
saej	caw	ven	rongz	doq
肠	心	挂	窝	黄蜂
θai³	ʂaɯ¹	pjo⁵	ðoːŋ²	tin²
saej	caw	byoq	rongz	dinz
肠	心	烤	窝	马蜂
ʔdi³	ɣi²	ʔbin¹⁻⁶	nəːŋ²	nuːŋ⁴
ndij	riz	mbin	riengz	nuengx
沿	迹	飞	跟随	妹

ʂon²	fəːn¹	leu⁴	pei¹	pjaːi¹	
coenz	fwen	liux	bae	byai	
句	歌	完	去	末尾	

ʂon²	kwaːi¹	hauɯ³	nuːŋ⁴	θaːt⁸	(lo⁰)
coenz	gvai	hawj	nuengx	sad	(lo)
句	乖	给	妹	结束	

nuːŋ⁴	a⁰
nuengx	a
妹	啊

◆ 汉语句译

正如别人说的那样
今天我去河边下棋
看到两只花梨鸟飞进了村子
可是我们村里本来没有鸟
鸟儿你从哪儿飞来栖息
我们村里本来没有牛
牛儿你从哪里进来歇息
牛儿滚干了我的泥塘

扰乱了我的心房
我的心里乱得像沸油
乱得像洪流中的废枝
我的心里悬了马蜂窝
我的心里挂了黄蜂巢
我的心啊已然飞向你
你啊

◆ 词语解析

fwx［fɯə⁴］：〈名词〉别人，他人，在民歌中常用来指对方。

lamh［la:m⁶］：〈动词〉拴，绑，捆。

dingh［tiŋ⁶］：〈名词〉山塘，泥沼，沼泽，泥塘（猪、牛下去打滚的烂泥坑）。

cauq［tʂwa:u⁵］：〈名词〉浮柴，漂浮在洪水面上的树枝柴草。

vangh［wa:ŋ⁶］：〈动词〉横放，横靠。

em［ʔem¹］：〈名词〉特指随洪水漂浮的马耳杆草。

saej caw［θai³ tʂɯ¹］：〈名词〉心情，心肠，感情，感觉。

ven［wen¹］：〈动词〉挂，吊，悬。

byoq［pjo⁵］：〈动词〉晒，烤（火），喷（水）。

riengz［nə:ŋ²］：〈动词〉跟随。

◆ 文化解析

    音频中这首歌的前半部分是吟唱调，当地壮语称为"欢莱枣（fwen raih cau［fə:n¹ ða:i⁶ tʂa:u¹］）"，"fwen"是"歌"的意思，"raih"是"爬"的意思，不是正式的演唱调，而是念诵歌词时唱的念诵调，流行在云南文山富宁、广南等地及与这两个县交界的广西百色市西林县等地。后半部分则使用"欢呃哎（fwen w ei［fə:n¹ ə⁰ ei⁰］）"来演唱，"w ei"是衬词，因为开唱时都要先唱"w ei"这两个特色的语气衬词，所以使用这类曲调来演唱的民歌都称为"w ei"调，音译为"呃哎调"。同时，因为这种曲调主要流行在富宁县的归朝壮族地区，所以又把它称为"归朝山歌"。

    "呃哎调"流行的范围很广，在富宁县主要流行在归朝镇（ndaw

sang）、者桑乡（ceh sang）、剥隘镇（bak aiq）、那能乡（naz raemx）、谷拉乡（goek raq）、洞波乡（doengh mboq）和新华镇（ndaw dinh）等壮族地区，为五声音阶宫调式。一般以单人对唱为主，但也有双人对唱或多人对唱的时候。歌词结构为五言多句式，偶尔也会出现五字以上的字数。整首歌押脚腰韵，并且连环押韵，例如第一句的最后一个字和第二句的中间某字相押韵，同时第二句的最后一个字也要和第三句的中间某字相押韵，第三句的最后一个字又要和第四句的中间某字相押韵……依此循环下去。

"欢呃哎"使用的衬词十分丰富，分析起来主要使用"i""e"两个前元音作为韵母，其使用的衬词主要有"aᵒ haᵒ oᵒ aᵒ ȵeᵒ əᵒ weᵒ nuːŋ⁴/pi⁴（妹/哥）aᵒ haᵒ uiᵒ""əᵒ aᵒ haᵒ əᵒ haᵒ əᵒ""-iᵒ jaᵒ""tiᵒ""aᵒ haᵒ əᵒ aᵒ""jəᵒ tiᵒ jəᵒ nuːŋ⁴/pi⁴（妹/哥）aᵒ noᵒ""-iᵒ noᵒ""teᵒ nuːŋ⁴/pi⁴（妹）aᵒ toᵒ""noᵒ tiᵒ nəᵒ""noᵒ""naᵒ əᵒ θ iᵒ""əᵒ aᵒ haᵒ haᵒ haᵒ əᵒ ʂᵒ əᵒ kiᵒ ləᵒ wiᵒ nəᵒ""əiᵒ nuːŋ⁴/pi⁴（妹/哥）aᵒ noᵒ"……这些格式，元音前面的"-"符号表示其前面辅音会随前一个音节的韵尾而变。

若是嗓音条件好的歌者，在演唱的时候则会真假音频繁交替，真音浑厚淳朴，假音高亢嘹亮，还会使用上倚音、下倚音、波音等装饰音来调节声音的美感，并且节奏和时值都有很强的随意性，节奏不规整，时值的长短靠气息的控制来确定。

这首歌所要表现的内容是男子对女子的赞美，无论是"花梨鸟"还是"水牛"都是对初次见面女子的比喻。"牛滚干了泥塘""心乱如浮柴""心中悬蜂窝"等比喻都淋漓尽致地表现了男子对女子的迷恋，让人心潮澎湃。若是女子唱，把人称代词换成"beix（兄）"或"go（哥）"即可。

为了收集整理"欢呃哎"等壮族民间音乐，笔者分别于2018年2月11日至13日、6月19日至20日两次去到富宁归朝老寨拜访当地民歌和壮戏（ciengq sam saek）传承人韦仕辉老先生和农志刚老师。至今笔者对在富宁的日子记忆犹新。2月的时候，笔者在黄光勇兄弟位于那坡和富宁交界处的家里感受了几天壮族"布民（boux minz）"人的语言生活后，便去往那坡县百都乡（bak dou）乘车前往富宁县城。赶往富宁县城的第一天笔者便生病了，下了车第一时间先去县医院看了病抓了药，然后再去县城老车站转车到归朝镇，晚上8点多才到归朝街上，农志刚和韦仕辉两位老人家打面的到街上接笔者，然后返回寨子。回到寨子里后，在农志刚老师家吃晚饭，这时笔者浑身发抖、怕冷、嗓子疼痛、声音嘶哑，已经说不出话来，但是还是让农志刚老师帮请当地歌手陈国荣大哥和韦凤仙大姐到家中重新演唱《相遇歌》，因为这次去的主要目的就是解决使用"呃哎调"演唱《相遇歌》的歌词字意、句意、背景、歌词结构及衬词规律等问题，这是笔者答应 Lâm 同学的事情。重新录了《相遇歌》和当场解决了歌词字意和句意等问题后，笔者夜宿韦仕辉老先生家，因为身体难受，老先生给笔者打洗脚水、铺床、倒开水、嘱咐吃药……笔者2月14日坐动车离开富宁县城，2月15日便是大年三十了……此番情景如今历历在目，两位老先生的恩情久久不能忘怀。

当笔者再次听到录音中蟋蟀的夜鸣声时，感动的心情如泉水般涌上心头。

22. BYAJ RAEZ GOJ MBOUJ LAU
打雷都不怕

❖ 双语歌词及音标

pja³	ɣai²	ko³	ʔbou³	laːu¹
byaj	raez	goj	mbouj	lau
雷	鸣	也	不	怕
taːi⁶	paːu⁵	tiu³	ʔbou³	hei⁵
daih	bauq	diuq	mbouj	heiq
大	炮	吊	不	担心
ɕuŋ⁵	fei⁵	ko³	ʔbou³	la⁶
cungq	feiq	goj	mbouj	lah
枪	簸	也	不	看
fun¹	ɕuːŋ⁵	ɣa⁵	ko³	pai¹
fwn	cuengq	raq	goj	bae
雨	放	狂	也	去
ɣum²	keu³	kai⁵	ko³	pjaːi³
rumz	geuj	gaeq	goj	byaij
风	绞	鸡	也	走
ɣam⁴	pan²	haːi³	ko³	jou²
raemx	baenz	haij	goj	youz
水	成	海	也	游
jou²	pai²	taŋ	tin¹	ʔbɯn¹
youz	bae	daengz	din	mbwn
游	去	到	脚	天
ɕam⁶	toi⁶	ʔdɯn¹	θuːn¹	maːk⁷
caemh	doih	ndwn	suen	mak
共	队	站	园	果

çam⁶	toi⁶	ka:p⁷	θu:n¹	wa¹
caemh	doih	gap	suen	va
共	队	合	园	花

çam⁶	toi⁶	kwa⁵	kiu²	kuŋ³
caemh	doih	gvaq	giuz	gungj
共	队	过	桥	拱

◆ 汉语句译

打雷也不怕	水成海也游
吊大炮不愁	游去到天边
打枪也不看	一起进果园
下暴雨也去	一起游花园
龙卷风也走	一起过拱桥

◆ 词语解析

heiq［hei⁵］：〈动词〉担心，忧愁，汉字本字为"气"。

feiq［fei⁵］：〈动词〉簸（米），筛（米）。

lah［la⁶］：〈动词〉看，张望；玩，游玩；蔓延，传染。

raq［ɣa⁵］：〈形容词〉瘟，阵（雨）；〈名词〉时候；〈量词〉阵（雨）。

rumz geuj gaeq［ɣum² keu³ kai⁵］：〈名词〉龙卷风，旋风。

❖ 文化解析

这类民歌每句五言，句数不限，可多可少，视具体情况而定，一个内容为一排，因此被称为排歌，若是壮语称歌为"欢（fwen［fɯːn¹］）"，则排歌称为"欢排（fwen baiz［fɯːn¹ paːi²］）"。

五言体的排歌流行地相当广，尤其集中在广西百色地区的田东、田阳、右江区、凌云、隆林、田林、西林、那坡、靖西、德保及河池地区的东兰、凤山等地。

这种歌体韵律有两种，第一种是脚腰脚头单连环相扣韵，即上句的尾字与下句的腰字（句中除首字和尾字外的任何一个字）或首字相押韵，连续不断地转下去；第二种是脚腰双连环相扣韵，即每两个偶奇数句相押脚韵，即押句末尾字，而且只押两个又转新韵。

23. CIENGX BIT MBOUJ BAENZ GAEQ
养鸭不成鸡

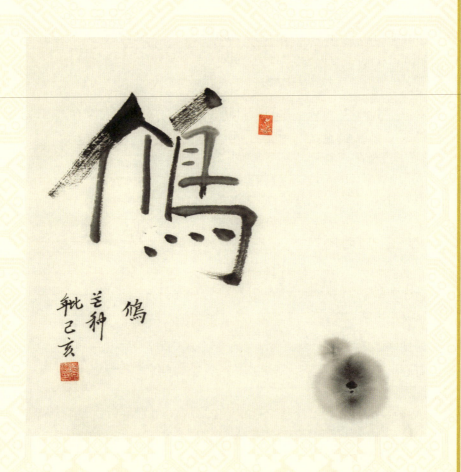

❖ 双语歌词及音标

kai^5	khan^1	wa:m^2	tha:i^6	ʔet^7
gaeq	haen	vamz	daih	it
鸡	啼	句	第	一
sɯ:ŋ^4	pet^7	ʔbo^5	phin^2	kai^5
ciengx	bit	mbouj	baenz	gaeq
养	鸭	不	成	鸡
phi:m^5	han^1	nɔŋ^4	ła:u^1	ʔdai^1
biemq	raen	nuengx	sau	ndei
看	见	妹	姑娘	好
ko^5	ha:k^7	mai^2	łam^1	tau^2
go	gag	maez	sim	daeuz
哥	独自	迷	心	头

❖ 汉语句译

鸡叫第一次
养鸭不成鸡
看见妹漂亮
哥心里着迷

◆ 词语解析

vamz［wa:m²］：〈名词〉句子，内容；〈量词〉句。

biemq［phi:m⁵］：〈动词〉看。

sau ndei［ɬa:u¹ ʔdai¹］：〈形容词〉漂亮，美丽，一般用于形容女孩子，但是也可以用于形容事物，同"ndei sau"。

◆ 文化解析

这首歌流传于广西大新县龙门、福隆和昌明一带，当地壮语称之为"欢（fwen［phɯ:n¹］）"，使用壮语南部方言演唱。当地的"欢"为七言式或五言式，本歌为五言四句体，押脚腰韵。在越南北部，使用壮语南部方言演唱"欢"的人群有侬安（noengz an［noŋ² ʔa:n¹］）人等。

24. DUNGX MBU
心空了

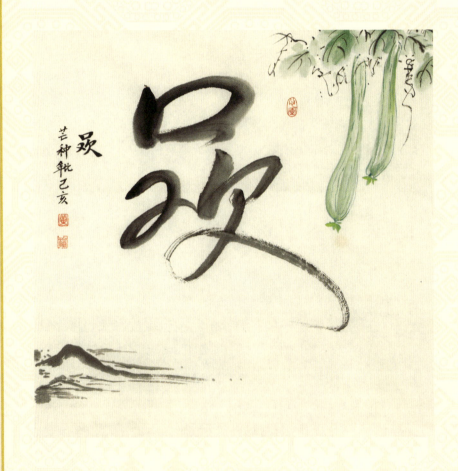

❖ 双语歌词及音标

(ei⁰ jo⁰ ju⁴ a⁰ ju⁴)

(ei yo youx a youx)

(哎 哟 友 啊 友)

(ei⁰ jo⁰ ho³ tɕi⁵ ja⁰)

(ei yo huj geiq ya)

(哎 哟 伙 计 呀)

tɕaːŋ¹	hat⁷	ðum²	fi⁰	fi⁰	(ðaːi⁴ lo⁰)
gyang	haet	rumz	fi	fi	(raix lo)
中	晨	风	徐	徐	(确实 略)

(ju⁴ mo⁵ a⁰ ju⁴ ʔdi¹ ei⁰)

(youx moq a youx ndei ei)

(友 新 啊 友 好 哎)

f i⁰	f i⁰	ɕo⁶	ŋi⁵	lu⁴
f i	f i	coh	ngeiq	laeux
徐	徐	向	枝	柳

(ju⁴ a⁰)

(youx a)

(友 啊)

ŋi⁵	lu⁴	loi⁶	ŋi⁵	lu⁴
ngeiq	laeux	loih	ngeiq	laeux
枝	柳	打	枝	柳

(ju⁴ ha⁰)		ŋi⁵	lu⁴	loi⁶	ku⁶	wa¹
(youx ha)		ngeiq	laeux	loih	gouh	va
(友 哈)		枝	柳	打	一对	花

(ei^0	jo^0	ju^4	ʔdi^1	həi^0)
(ei	yo	youx	ndei	hwi)
(哎	哟	友	好	嘿)

loi^6	ku^6	wa^1	pa:ŋ^4	ʔbo^5	(a^0)
loih	gouh	va	bangx	mboq	(a)
打	一对	花	旁	泉	

ðum^2	po^5	noi^4	wa^1	noi^4	(ða:i^4 lo^0)
rumz	boq	noix	va	noix	(raix lo)
风	吹	少	花	少	(确实 咯)

ðum^2	po^5	noi^4	wa^1	ha:i^1
rumz	boq	noix	va	hai
风	吹	少	花	开

çə^2	te^1	ðum^2	po^5	la:i^1	wa^1	tok^7
cawh	denh	rumz	boq	lai	va	doek
时	处	风	吹	多	花	掉

tu^2	to^5	ʔbin^1	pai^1	kɯm^2
duz	doq	mbin	bae	gwnz
只	黄蜂	飞	去	上面

hun^2	laɯ^2	tɯk^7	ʔda:ŋ^1	kwa:ŋ^1	tuŋ^4	ʔbu^1
vunz	lawz	dwk	ndang	gvang	dungx	mbu
人	哪	打	身	君	肚	空

tu^2	to^5	ʔbin^1	pai^1	θa:ŋ^1
duz	doq	mbin	bae	sang
只	黄蜂	飞	去	高

hun^2	laɯ^2	tɯk^7	ʔda:ŋ^1	kwa:ŋ^1	tuŋ^4	ʔbu^1	(lo^0	ju^4)
vunz	lawz	dwk	ndang	gvang	dungx	mbu	(lo	youx)
人	哪	打	身	君	肚	空	(咯	友)

❖ 衬词位置	❖ 汉语句译
O	（哎哟友啊友）
O	（哎哟伙计呀）
XXXXXO	清晨的风儿徐徐吹来（确实咯）
O	（新友啊好友哎）
XXXXX	吹过那柳树梢头
O	（朋友哟）
XXXXX	吹得柳梢相互依偎
OXXXXX	（朋友啊）吹得柳梢挨向花儿
O	（哎哟好友嗨）
XXXXXO	吹得柳梢划过泉中清莲
XXXXXO	风儿轻轻地吹让花儿微微地摆（确实咯）
XXXXX	风儿轻轻地吹花儿才会绽放
XXXXXXX	风儿切莫太猛烈否则花儿要凋零
XXXXX	黄蜂飞到天上去了
XXXXXXX	是谁让我的心空空荡荡
XXXXX	黄蜂飞到空中去了
XXXXXXXO	是谁让我的心忐忑不安（咯朋友）

❖ 词语解析

youx［ju⁴］：〈名词〉朋友，友人。

huj geiq［ho³ tçi⁵］：〈名词〉伙计，朋友。

fi fi［fi⁰ fi⁰］：〈声貌词〉清风徐徐吹过的样子。

raix［ða:i⁴］：〈副词〉确实，实在，的确。

noix［noi⁴］：〈形容词〉小，少。

gvang［kwa:ŋ¹］：〈名词〉（对男子的美称）君子，才子，公子，少爷。

mbu［ʔbu¹］：〈名词〉莲藕；〈形容词〉空心的；〈动词〉害怕，心慌。

❖ 文化解析

2018年8月6日，广西隆林壮学会常务会长、当地著名壮族文化研究者韦德华先生来南宁学习，晚上笔者与他相聚的时候，记录了他用南盘江调演唱的歌词。这首歌整体押的是脚腰韵，歌词为五字句和七字句相间。歌词采用隐喻的手法，表达了一个男子喜欢上了一个女子，但是却不敢直接追求，心中忐忑不安，最后便以风儿吹过柳梢头来比喻自己的心情。

第一句"清晨的风儿徐徐吹来"描绘的是爱情的清新与美好，动人心弦，就好比清晨拂面的春风一样，舒畅、缠绵。

第二句"吹过那柳树梢头"描绘的是爱情似乎来到，此刻男子有了让他动心的姑娘。

第三、第四和第五句"吹得柳梢相互依偎""吹得柳梢挨向花儿""吹得柳梢划过泉中清莲"描绘的是男子想靠近女子，想与女子做伴，就好似风儿吹过树梢，树梢左右摇摆，一会儿相互依靠，一会儿又分开的情景。此刻，男子是腼腆的。

第六、第七句"风儿轻轻地吹让花儿微微地摆""风儿轻轻地吹花儿才会绽放"意思是追求姑娘的过程兴许要温柔一些、体贴一些，只有对人温和，会体恤人，才可能收获美好的爱情。

第八句"风儿切莫太猛烈否则花儿要凋零"说的是男子求爱不能操之过急，不能太粗鲁，不然会把心爱的姑娘吓坏、吓跑的。

第九到第十二句，用"黄蜂飞到天上（空中）去了"比喻男子的心已经被心爱的姑娘深深吸引住了，爱情似乎已经到来，它就好似那只飞向自己的"黄蜂"，但是最后却飞向了空中，没有栖落自己的肩膀，它在男子的头顶徘徊，把男子的心捕获了，把男子的心掏空了，因此此刻男子的心是满怀相思的，是忐忑不安的，他期盼爱情的"黄蜂"能停落在自己的肩膀上与自己作伴，但是美好的爱情谈何容易，必定会是考验重重。

这首歌同样适合女性唱，但是女性唱的时候需要把歌词中的人称名词"gvang（公子）"换成适用于女性的"nangz（娘子）"或"nuengx（妹妹）"等。

25. DAH NEIX DAH BIENGZ LAWZ
这是谁家的河

❖ 双语歌词及音标

$?ba:u^5$

mbauq:

男：

ta^6	ni^4	ta^6	$pɯ:ŋ^2$	$laɯ^2$
dah	neix	dah	biengz	lawz
河	这	河	世间	哪

$ðam^4$	(a^0)	$θaɯ^1$	$çe:k^7$	$ðe^5$
raemx	(a)	saw	cek	req
河		清	堆	砂石

ta^6	ni^4	ta^6	$pɯ:ŋ^2$	$laɯ^2$
dah	neix	dah	biengz	lawz
河	这	河	世间	哪

$ðam^4$	pan^2	pe^2	$tsha:ŋ^1$	$hoŋ^2$
raemx	baenz	bez	gyang	hoengz
河	成	倾斜	中间	潭

$kwa:ŋ^1$	(a^0)	$ðoŋ^2$	pai^1	$?a:p^7$
gvang	(a)	roengz	bae	ap
公子		下	去	游

$?a:p^7$	$?a:p^7$	$çi^6$	(a^0)	$la:u^1$	lai^1
ap	ap	cih	(a)	lau	lae
游	游	就		怕	流走

$kwa:ŋ^1$	(a^0)	$ðoŋ^2$	pai^1	$?a:p^7$
gvang	(a)	roengz	bae	ap
公子		下	去	游

ʔaːp⁷　ʔaːp⁷　çi⁶　(a⁰)　　laːu¹　lai¹
ap　　　ap　　　cih　(a)　　　lau　　lae
游　　　游　　　就　　　　　　怕　　　流走

θaːu¹
sau:
女：

ta⁶　　ni⁴　　ta⁶　　pɯːŋ²　ðau²
dah　　neix　dah　　biengz　raeuz
河　　　这　　　河　　　世间　　咱们

ðam⁴　(a⁰)　θaɯ¹　çeːk⁷　ðe⁵
raemx　(a)　saw　　cek　　req
河　　　　　清　　　堆　　　砂石

ta⁶　　ni⁴　　ta⁶　　pɯːŋ²　ðau²
dah　　neix　dah　　biengz　raeuz
河　　　这　　　河　　　世间　　咱们

ðam⁴　pan²　pe²　tshaːŋ¹　hoŋ²
raemx　baenz　bez　gyang　　hoengz
河　　　成　　　倾斜　中间　　潭

kwaːŋ¹　haːi¹　ðoŋ²　pai¹　ʔaːp⁷
gvang　　hai　　roengz　bae　　ap
公子　　　开　　　下　　　去　　　游

ʔaːp⁷　ʔaːp⁷　çi⁶　(a⁰)　mi⁵　laːu¹　lai¹
ap　　　ap　　　cih　(a)　　miq　lau　　lae
游　　　游　　　就　　　　　不　　　怕　　流走

kwa:ŋ[1]	ha:i[1]	ðoŋ[2]	pai[1]	ʔa:p[7]
gvang	hai	roengz	bae	ap
公子	开	下	去	游

ʔa:p[7]	ʔa:p[7]	ɕi[6]	(a[0])	mi[5]	la:u[1]	lai[1]
ap	ap	cih	(a)	miq	lau	lae
游	游	就		不	怕	流走

◆ 衬词位置

◆ 汉语句译

男：

XXXXX

XO（或X）XXX

XXXXX

XXXXX

XO（或X）XXX

XXXOXX

XO（或X）XXX

XXXOXX

女：

XXXXX

XO（或X）XXX

XXXXX

XXXXX

XXXXX

XXXOXXX

XXXXX

XXXOXXX

男：

这是谁家的河

清澈可见河中砂

这是谁家的河

河中深潭起漩涡

我想河中游一游

却怕河水卷我走

我想河中游一游

却怕河水卷我走

女：

这是咱家的河

清澈可见河中砂

这是咱家的河

河中深潭起漩涡

君请河中游一游

别怕河水卷你走

君请河中游一游

别怕河水卷你走

◆ 词语解析

bez［pe²］：〈形容词〉斜；〈名词〉竹筏。

hoengz［hoŋ²］：〈名词〉潭，塘，水坑，水洼；〈量词〉（一）坑，（一）洼。

ap［ʔaːp⁷］：〈动词〉游泳，洗澡。

◆ 文化解析

　　笔者在隆林做田野调查期间，得到了韦德华老师、罗素老师等当地知名壮族文化人士的帮助，收获很大。在德华老师的帮助下，笔者记录整理了这首用南盘江调唱的情歌。这首歌为五言偶句式，押脚腰韵，其内容表现的是男女双方萌生情愫后，相互试探是否可以确定关系，男方把女方比喻成清澈的河流，把自己的爱慕之情比喻成想下河游泳，把自己心中的忐忑比喻成怕被河中的漩涡卷走……用一系列的比喻，环环相扣，把自己的内心活动描写得含蓄生动。女子顺着男子的问题，不做直接的表述，而同样以含蓄委婉的方式表达了自己的内心想法，把女子的柔情和温婉体现得淋漓尽致。

26. FUNGH VUENGZ GYO GIET NDIJ HAENGZ NGAZ

凤凰求与嫦娥飞

❖ 双语歌词及音标

ʔɛŋ^1	(həi^0)	ʔɛŋ^1	(həi^0)
eng	(hwi)	eng	(hwi)
哥	(啊)	哥	(啊)

kwaːn^1	kwaːn^1	thɔŋ^3	tha^1	ʔbaːu^5	la^4	thaɯ^2	ma^2
gvan	gvan	dongj	da	mbauq	lax	dawz	ma
男	男	撞	眼	哥	陌生	哪里	来

łɯ^3	luə^6	khiːm^2	kim^1	tɕoi^3	tɕoi^3	łuŋ^6	khau^3	na^3
swj	luh	giemz	gim	coij	coij	rongh	haeuj	naj
衣	绸缎	手镯	金	照	照	亮	进	脸

fəːŋ^6	waːŋ^2	ɕo^1	kiːt^7	ʔduːi^3	han^2	ŋa^1
fungh	vuengz	gyo	giet	ndij	haengz	ngaz
凤	凰	求	结	和	妲	娥

(hə^0)	ʔɛŋ^1	(həi^0)	ʔɛŋ^1	(həi^0)
(hw)	eng	(hwi)	eng	(hwi)
(啊)	哥	(啊)	哥	(啊)

❖ 衬词位置

XOXO

XXXXXXXX

XXXXXXXXX

XXXXXXX

OXOXO

❖ 汉语句译

阿哥啊阿哥

帅气阿哥从哪来

锦衣金镯映入脸

凤凰求与嫦娥飞

阿哥啊阿哥

◆ 词语解析

eng $[\text{ʔɛŋ}^1]$：〈名词〉京语借词，意为兄、哥。

gvan $[\text{kwaːn}^1]$：〈名词〉从京语中转借来的汉语借词，意为官员、丈夫、官人或男人，在这里表示对男人的尊敬，指男人时多用在古诗词、古歌谣中。

dongj da $[\text{thɔŋ}^3\ \text{tha}^1]$：〈形容词〉耀眼、夺目，"dongj"意为冲击、撞击。

mbauq $[\text{ʔbaːu}^5]$：〈名词〉本意为小伙子、年轻小伙，在龙州壮语金龙话中指哥哥。

lax $[\text{la}^4]$：〈形容词〉京语借词，意为陌生，奇怪。

dawz $[\text{thaɯ}^2]$：〈代词〉哪里，由"deih（地）"和"lawz（哪）"缩略而成。

luh $[\text{luə}^6]$：〈名词〉京语借词，意为绸缎。

giemz $[\text{khiːm}^2]$：〈名词〉手镯，镯子，项圈。

coij $[\text{tɕoi}^3]$：〈动词〉照亮。

gyo $[\text{ɕo}^1]$：〈动词〉请，求，讨。

haengz ngaz $[\text{haŋ}^2\ \text{ŋa}^1]$：〈名词〉从京语中转借来的汉语借词，意为姮娥，同恒娥，即嫦娥，指神话中的月中女神。

◆ **文化解析**

　　这首歌流传在广西龙州金龙一带，当地壮语叫作"伦（lwenx ［luːn⁴］）"，为三句体，即曲中的每个乐段由三句歌词构成。使用金龙调演唱，常在夜晚进行对歌，多为两人或多人齐唱。中越边境地区，例如龙州金龙一带的壮语民歌，不仅在曲调上会有京族民歌的影子，同时还借用了一定数量的京语借词，这是历史上文化交流的结果。倘若不熟悉文化交流的历史背景、当地壮语的面貌及京语的话，就很难探究其中某些用词的语源，造成记录、理解和分析上的困难。这首歌曾经被收录在某些壮族民歌的出版物里，但是可能由于参考资料的欠缺及对田野语料把握程度的不稳定，因此这些资料或多或少都存在一定的可供改观的地方。笔者通过查阅各种资料，主要是国外出版的工具书，以及通过田野调查，对这首歌的语音和歌词进行了重新整理和解析，例如"gvan""dongj da""gyo""coij"和"haengz ngaz"等词，因为过去的资料关于记音和词解的问题一直困扰笔者多年，询问歌手，年轻歌手不解，甚至老歌手也无解，因此若不深入进行持续性、发散性的探索，则会一直困扰下去。

后记

　　功夫不负有心人，经过一年多的积累终于完成了这本拙作，回想起要写这本拙作的缘由及采风的经历，它们都历历在目。为了记录、保护和发展壮族语言文字及传统民俗文化，广西科学技术出版社的领导和同志们多年来认真策划选题，积极安排，在国家有关部门的支持下出版了许多有意义的壮文及壮族文化的书籍，为传承壮族优秀传统文化和繁荣中华民族多元文化做出了积极贡献。正是在这样的背景下，笔者有幸与该社合作，根据笔者多年积累的材料和知识，做了包括本书在内的一些选题。

　　笔者做这些事情的目的很简单，就是"不忘初心"。引用"不忘初心"这句话，不是因为它流行，而是因为笔者从初中 13 岁开始自学壮语壮文到今天已然 23 个年头，内心对壮族语言文字和传统优秀文化是深有感情的，它们的传承和发展与笔者个人的命运是休戚相关的，它们兴笔者则欣慰，它们败笔者则痛苦。因此，充分把它们的"真善美"呈现出来，传承下去，并且让它们成为社会发展的一股积极力量，是笔者人生的一个追求。情歌就是其中很重要的一方面。从古至今，爱情都是人们的美好向往，笔者尽量把壮族各地的情歌曲调、歌词格韵、音乐文学及风俗习惯等内容记录下来、翻译出来、注释出来，分享给读者们。这不仅能让人感受到人们追求爱的质朴，同时也能感受到壮语民歌的多样形式、壮语独特的语言魅力、壮语诗歌的特殊韵律，以及壮族传统社会的世界观和价值观等。因此，把壮族壮语情歌尽量按部就班、循序渐进地做好，就成了这个阶段笔者给自己的一个任务。

　　2018 年 2 月底，也就是农历戊戌年春节前夕，笔者到广西那坡县罗景超老师办公处和云南富宁县归朝老寨农志刚、韦仕辉两位老先生家中采风，是笔者为本书收集资料进行的第一次系统性采风，直到大年三十前一天才赶回柳州家中。其实这次系统性的采风源于笔者事先答应了林同学要协助她核对些许唱词材料，正是因为这样的机缘，让笔者深刻感受到了民族音乐专门性采风的美好与美妙，对民族音乐有了更深切的呵护之感和更强烈的热爱之情，随之便开始了接下来一年多的乡间走访，走过了广西、贵州、云南三省（自治区）的多个县份，以及出到越南的谅山、高平和太原等地，采录了书中部分歌调及唱词。在此期间醉过、摔过、病过、伤感过，同时也高兴过、感动过、期待过、努力过，它们都成了笔者人生阅历的一部分。每每看到这些材料笔者都会情不自禁地想起在采风路上的那些过往，想起那些给予过笔者支持和帮助的朋友和乡亲们。在此，笔者要衷心感谢父母大人的养育和慈爱，感谢林同学给笔者的启发，同时也要诚挚感谢以下在写作过程中鞭策和帮助过笔者的师友和乡亲们，他们是黎易鑫、楚卓、覃金盾、吴宁华、肖文朴、韦海涛、韦德华、王明富、韦庆炳、凌晨、于涛、岳子威、黄甲添、温泉、张灿、恩荣泽、陆成兴、赵余线、沈广站、莫掩策、李朝伟、陆庭文、何畴、侬勇、王兴仁、黄清穗、周祖练、罗景超、农志刚、韦仕辉、陈国荣、韦凤仙、陆翠兰、黄汉花、周凤芬、陆爱莲、黄廷友、卢宗秀、王秀琼、王丛运、阮文寿、黄越平、阮春柏、黄友南、李春建、梁柄麒、李向荣、罗素、黄光勇、张战敏、王志刚、陆建平、徐维笙、陆益、农海华、黄利莉、陈天、韦文恒、卢奋长、韦广涵、谦谦音乐等。最后，笔者还要感谢广西科学技术出版社的领导和编辑同志们，感谢赖铭洪先生、罗风编辑和何芯编辑等同志，正是有了他们孜孜不倦的工作，才使得这本拙作能顺利付梓与大家见面。

"路漫漫其修远兮"，只要笔者的生命在，笔者的初心就不会变，尽职、尽责、尽力地守护、传承和发展好包括壮族语言文化在内的中华民族优秀传统多元文化依旧是笔者坚定的追求。

愿诸君共勉，愿壮乡美好，愿华夏昌盛。

刘敬柳
2019 年 7 月于如礼金万
（南宁广西艺术学院内）